跟北极熊先生
成为最好的朋友的五大理由：

他真的很乐于助人……

就算他有点不高兴，也不会消沉太久，总是准备好要做有趣的事！

他很适合依靠和依偎，还会给你**最好**的熊抱！

他真的很擅长游泳，而且

当你感到悲伤时，他能让你振作起来——这就是你想要的那种最好的朋友，不是吗？

满怀爱意，献给哈兹尔外婆。

——玛利亚·法雷尔

献给我的爸爸妈妈。

——丹尼尔·莱利

图书在版编目（CIP）数据

玛娅的暴风雨 /（英）玛利亚·法雷尔著;（英）丹尼尔·莱利绘;孙淇译. -- 北京：北京联合出版公司，2024.9.--（神奇的北极熊先生）. -- ISBN 978-7-5596-7892-8

Ⅰ. I561.84

中国国家版本馆 CIP 数据核字第 2024KA8722 号

ME AND MISTER P: Maya's Storm
Text copyright © Maria Farrer 2019
Illustrations copyright © Daniel Rieley 2019
Me and Mister P: Maya's Storm was originally published in English in 2019. This translation is published by arrangement with Oxford University Press.
Simplified Chinese translation copyright © 2024 by Beijing Tianlue Books Co., Ltd.
ALL RIGHTS RESERVED

玛娅的暴风雨

著　　者：[英]玛利亚·法雷尔
绘　　者：[英]丹尼尔·莱利
译　　者：孙淇
出 品 人：赵红仕
选题策划：北京天略图书有限公司
责任编辑：高霁月
特约编辑：钱凯悦
责任校对：罗盈莹
美术编辑：刘晓红

北京联合出版公司出版
（北京市西城区德外大街 83 号楼 9 层　100088）
北京联合天畅文化传播公司发行
北京盛通印刷股份有限公司印刷　新华书店经销
字数 40 千字　　889 毫米 ×1194 毫米　　1/32　　6.625 印张
2024 年 9 月第 1 版　2024 年 9 月第 1 次印刷
ISBN 978-7-5596-7892-8
定价：28.00 元

版权所有，侵权必究
未经书面许可，不得以任何方式转载、复制、翻印本书部分或全部内容。
本书若有质量问题，请与本公司图书销售中心联系调换。
电话：010-65868687　010-64258472-800

神奇的北极熊先生
之玛娅的暴风雨

[英]玛利亚·法雷尔●著　[英]丹尼尔·莱利●绘　孙淇●译

北京联合出版公司
Beijing United Publishing Co.,Ltd.

目录

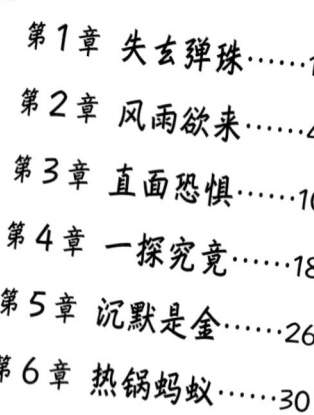

第1章 失去弹珠……1
第2章 风雨欲来……4
第3章 直面恐惧……10
第4章 一探究竟……18
第5章 沉默是金……26
第6章 热锅蚂蚁……30

第7章 活在当下……38
第8章 钓鱼之险……49
第9章 速滑下坡……67
第10章 面对现实……77
第11章 深水急流……84
第12章 久别情疏……94

第13章 最后一击……101
第14章 不可貌相……106
第15章 自力更生……115
第16章 火上浇油……123
第17章 走在边缘……136
第18章 成事不足……144

第19章 棘手问题……161
第20章 心安之处……165
第21章 不顾安危……172
第22章 异想天开……181
第23章 三思后行……187
第24章 别后情深……192

第1章
失去弹珠

躺在灯塔小屋的床上,玛娅能听见海的声响。有时巨浪滔天,轰隆隆地撞击着岩石,有时又荡起温柔的涟漪,沿着海岸线窃窃私语。

玛娅依然害怕暴风雨,不过比以前好多了。在这个位于海边的家里,她有一种安全感。跟爸妈在一起很安全,跟哥哥麦克斯、姐姐艾丽斯在一起很安全,跟住在村边老屋里的安妮外婆在一起时也很安全。这里是玛娅的新家。

在大洋彼岸的另一个国家,玛娅曾经有过一个家。每当想起那里时,她都觉得身体里空空的,好像一个洞,让她感到难过和害怕。有一次,安妮外婆带她去海滩,她们发现了一块中间有洞的鹅卵石。"失去特别的东西时,有时感觉就像一个洞。"外婆说着，举起那块石头，玛娅看见阳光从洞里射过来，"但如果你一直朝前看，总有一天会发现隧道尽头的光明。"外婆用一块蓝丝绒方巾将石头包起来，放进玛娅的记忆盒子。每当玛娅感到悲伤时，她都会把那块石头拿出来，对着阳光举起，直到心情变好。

玛娅的记忆盒子是木头做的，有一个可以滑动的盖子，上面刻着一只海鸥。这是外婆送给玛娅的第一件礼物，玛娅喜欢闭上眼睛，用手指抚摸木头隆起的纹路，感受海鸥的翅膀、头和喙。玛娅来到灯塔小屋时一无所有，那个记忆盒子便成了她的宝贝。一年又一年，她和外婆在里面装满了她来到这里之后各种各样的生活记忆：贝壳、化石、羽毛、生日贺卡、铅笔和徽章，还有几沓小小的记忆笔记，每一页都精心配上了图。这是玛娅的新生活，是属于她自己的，没人能把它夺走。

"你得学会珍惜你的记忆。"外婆说，"因为等你到了我这个年纪，记忆就渐渐消失了。用不了多久，你照看我的同时，也得照看你自己的记忆了。"

"它们消失到哪儿去了？"

2

玛娅问。

外婆打了个响指："空气里！"

"为什么？"玛娅问。

"我不知道，也许大脑太累了，忘了抓住它们。"

玛娅笑了，外婆也笑了。

妈妈和爸爸没有笑，他们可不希望外婆的大脑累坏了，这让他们很有压力，忧心忡忡。爸爸说外婆就要失去她的弹珠了，玛娅不知道这是什么意思。

"她老了。"妈妈说，"我们得接受，一切都会改变的。"

玛娅不想听，她还没做好迎接改变的准备。她的生命中已经发生过太多的改变。

第2章
风雨欲来

　　天色已晚,家人们都上床了。玛娅知道自己也该睡了,可是风吹浪涌,让她心里感到不安。她坐在自己房间的桌前,希望爸妈不会注意到门缝里漏出的灯光。外婆生日派对的邀请函她快做好了。八月份外婆就要过七十五岁生日了,玛娅决定做点特别的事,来感谢外婆为她做的所有特别的事。祖孙俩已经讨论计划了好久。明天她要把做好的邀请函带给外婆,让她确认一下,免得自己漏掉了什么。那将是一个非常精彩的生日派对,她都等不及了。

　　她写了个简短的记忆笔记放进记忆盒子里。

准备好过一个

超棒的暑假

她在上面画上了大海、太阳和沙滩。

玛娅喜欢画画，她所有的记忆笔记都有图画，使那些记忆变得栩栩如生。虽然现在很难相信，但她刚来的时候几乎不会说话，也听不懂人们说什么。有好长一段时间，她甚至都不敢开口，是外婆帮助她先通过图画来学习，然后学会了说和写。妈妈、爸爸、麦克斯和艾丽斯也都帮了忙，只不过他们没有那么多时间或耐心，他们也都不太擅长画画。

玛娅扑通一声倒在床上，盯着天花板。"夏天，"她想，"外婆和我，沙滩和大海。"并不是她不喜欢上学，只是她更喜欢假期。她好希望妈妈和爸爸也能有一个假期，可他们的工作总是非常忙碌。

爸爸是一名海岸警察，他的工作就是救助那些在悬崖边和海岸上遇到危险的人。他的工作是轮班制，他不工作也不睡觉时，就会帮妈妈打理灯塔度假小屋。夏天是爸妈最忙碌的季节。"到处都是不知道自己在干吗的游客。"爸爸总这么说。

灯塔离小屋很近，这会儿玛娅就能看到它，灯光越过海面，每三秒闪动两次。她的窗子咔嗒作响，窗帘在风中飘舞。她站起来关上窗户，额头贴在玻璃上，看着灯光扫过海面，看着波浪起起伏伏。

这是一个晴朗的夜晚，但爸爸说就要变天了，爸爸对天气的预测总是非常准。正要拉上窗帘时，玛娅怔住了，她眯起眼睛朝远处望，好像看见了什么东西——一个黑黑的影子在海上飘荡。她眨了眨眼，仔细搜寻着海天交界的地方。

什么都没有……

她一定是看错了……

玛娅爬上床，试着闭眼入睡，心里却越发觉得不安，她确信自己看到了什么。她掀开被子，重新回到窗前，把脸贴在玻璃上。现在外面更暗了，几乎什么都看不到。这时，她心里猛然一惊，它又出现了，更近了，好像是一条小船。玛娅等着下一束灯光照亮海面。海浪起起伏伏，很难看得清楚。

随后它再次出现，果然是一条小船，上面有一个**庞然大物**，穿着一件厚重的白色大外套！小船被颠上浪峰，然后便消失在了阴影中。

玛娅跑去叫醒爸爸和妈妈。灯塔建在这里就是为了对那些靠近海岬礁石的大小船只发出警告。因为这里不仅有看得见的岩石，水下还有像鲨鱼牙齿般的暗礁，非常危险。任何船只都不能靠得太近。

"妈妈，爸爸，快！我觉得有人遇到危险了。" 玛娅摇晃着爸爸，好让他完全清醒过来。

"什么？在哪儿？"爸爸坐起来，抓起他的双筒望远镜。他和妈妈冲到窗口，可是，他们三个在水面上找来找去，什么也没看到，只有漆黑的波浪在翻滚。

"我绝对看到了。"玛娅说，"是一条小船，里面有个家伙——非常非常大。"

爸爸微笑着摇了摇头。"在夜里，海水是会捉弄我们的。"他抱了一下玛娅，"有很多很多次，我以为自己看到了船或海豚，可结果只是漆黑的海水和白色的浪花在海上翻腾。或许只是个梦罢了。"

玛娅摇了摇头，她知道自己当时是完全清醒的，不过现在她觉得自己很蠢。

爸爸又朝海面上搜寻了一番："你叫醒我们是对的。保证安全总比过后后悔好，现在回去睡觉吧。"

"可是我睡不着。"玛娅说。

爸妈带玛娅回到她的房间，把她抱到床上。爸爸拿起玛娅为外婆的派对制作的邀请函。

"这是你的创意吧，太可爱了，玛娅，"爸爸说，"希望外婆能应付得了。她最近身体不太好。"

"她当然应付得了，她正期待着呢。"

妈妈坐到床边，握住玛娅的手。"我知道外婆的情况让人有些不安。"妈妈说，"但你不必过于担心。"

"我不担心啊。"玛娅说。

"我已经提醒过外婆两次了,你明天会过去,她应该能记住。"

"妈妈,"玛娅说,"别那么**小题大做**。"玛娅转过身,脸冲着墙。有时候妈妈简直担心过了头。

爸爸弯腰亲了亲玛娅:"别再看到那只神秘小船了。"

玛娅假装睡着了,等妈妈和爸爸离开后,她又一次回到窗边,看了最后一眼。明天,她决定要和外婆到海滩去,看看有没有什么东西被冲上了岸。

第3章

直面恐惧

绝了！ 怎么总是一放假就下雨？**大颗大颗**的雨点噼里啪啦地敲打着窗户，很难看清哪里是云，哪里是海。她能听到海浪*撞击*下面的岩石，还有爸妈在楼下弄出的杂声。他们正在撤换所有的床单和毛巾，准备迎接下一批到度假小屋的游客。

玛娅穿上衣服，跑下楼，抓起一瓶牛奶和一个苹果。外婆总会准备一顿不错的早餐等着她，所以出门之前不必吃得太饱。她穿上雨衣，揣好邀请函，朝外婆家走去。到了外婆家，她发现屋门大开着，地板上有好大一摊雨水。

"外婆？外婆！"玛娅喊道。

她火速在花园里找了一圈，然后跑进屋里。玛娅非常喜欢外婆的房子，墙上挂着老旧的渔网和锚，高高的陈列柜里摆满了外婆从附近海滩收集的贝壳和浮木，柜身上贴满了外婆从儿时到现在的照片和画。外婆是在这座房子里长大的，即使和泰德外公结婚，她也没有搬走。

"安妮外婆。"玛娅又叫了一次，这次声音更大了。

到处都看不到外婆的影子，也没有早餐的影子。

萝丝太太从隔壁走出来："你找你外婆吗？她一个小时前就出去了，说是去海滩，但我不知道这种天气她去海边干吗。"

"她怎么没等我？"玛娅说，"明明知道我要来的。"

"时间和潮汐不等人啊。"萝丝太太说，"你知道你外婆的脾气。"

玛娅吃惊的并不是外婆冒雨出去，而是每次如果玛娅要来，外婆**绝不会**出去的，特别是早饭时间。玛娅从口袋里掏出邀请函，放到桌子上，把它留在屋里似乎更安全。她关好前门，拉上雨衣的拉链，朝那条通往海滩的石头小路跑去。当她跑到小路最高的地方时，看见一个再熟悉不过的、穿着肥大旧短裤和油布雨衣的身影急匆匆地走了上来。

安妮外婆身材瘦小但结实，梳着长长的灰辫子，脸皱得像核桃。外婆常说每道皱纹都是一个冒险标记，玛娅断定外婆一定经历过很多很多冒险。外婆一看见玛娅，就在陡坡上停下,一边喘着粗气,一边跳来跳去,她一担心或者兴奋时就会这样。

"嗨,玛娅,我的天,你来了我太高兴了,我需要你的帮助。"

"我的帮助?"玛娅的心跳加快了,"怎么了?出了什么事?"

"我在海滩发现了一条船!"

玛娅立刻想起昨晚她从卧室窗户里看见的东西,或者以为自己看见的东西。"今天早上我爸妈跟你说过什么吗?"玛娅问。

外婆打住话头,看起来有些困惑:"嗯?没有啊,应该

没说过,怎么了?"

"没什么。"玛娅说,"我还以为他们提到过……"

不过安妮外婆已经转过身,沿小路小跑着下去了。"快来,快来,"她说,"得趁海滩没人的时候赶回去,咱们需要调查调查。"外婆极力将"调查"这个词说得神秘而刺激。玛娅咧嘴笑了,这正是夏天的魅力。

她们一到海滩,玛娅就甩掉外套,踢掉帆布鞋,踩着潮湿的沙子急匆匆地走去,踩得一团团被暴风雨冲上海滩的海藻咕吱作响。

"在那儿!快看!" 外婆说。

就在前边,玛娅看见一条旧木船斜在沙滩上,好像就是她昨天夜里看到的那条——一定就是,不然它是从哪儿冒出来的?她咽了口唾沫,匆忙跟上了外婆。

"看这个。"外婆边说边蹲下身,指了指小船旁边一个巨大的脚印。

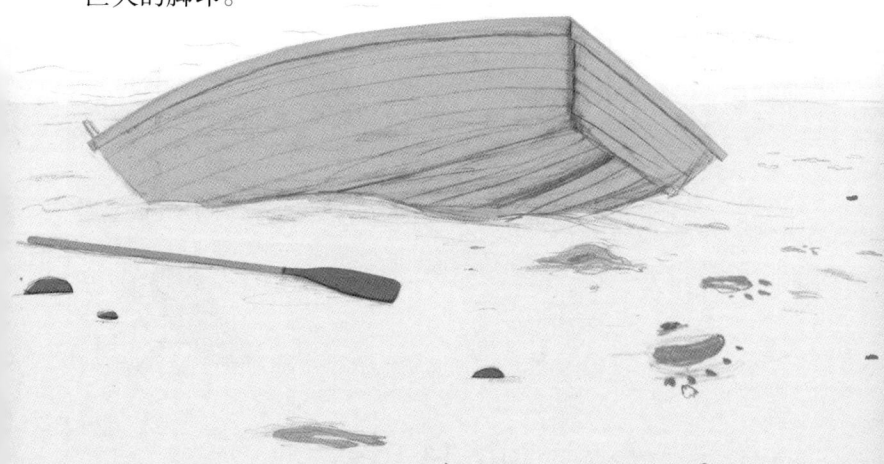

玛娅靠近仔细查看，不只一个脚印，而是一串，玛娅以前从没见过这样的脚印，比盘子还**大**，有五个尖尖的脚趾。

"这是你弄的吗，外婆？"玛娅问。她突然怀疑这些可能都是外婆精心设计的恶作剧。外婆总是能编出最不可思议的故事。

外婆看上去有些气恼："绝对不是我弄的。"

"嗯，"玛娅又查看了一遍，"那你认为这可能是什么？"

"我可不是专家，不过要我猜的话，我会说这是一头巨大的动物。"

这肯定是个恶作剧。外婆一定跟爸妈谈过，玛娅确信

无疑。可是当她的目光跟着沙滩上的一串脚印看向那个山洞时，她开始觉得不太对劲。她试图更清晰地回想昨夜看见的东西。那家伙看上去非常大……有皮毛。她还以为是人穿着保暖大衣，可那会不会是一头动物？一头长着大爪子的动物？她后背一阵发凉。

"咱们应该过去看看。"外婆说。

玛娅可没那么狂热："也许咱们应该叫个人来，比如懂这种事的人？"

"别扫兴，"外婆说，"不能让任何人窃取咱们的发现成果。再说了，能叫谁呢？"外婆紧紧握着玛娅的手，沿着软沙上的足迹，径直向洞口走去。玛娅回头看时，不能不注意到，自己的脚印和那些足迹比起来显得多么小。她仔细搜索有没有从山洞**出来**的脚印。一个都没有。如此看来，**如果**有什么东西进了洞，那现在肯定还在里面。玛娅犹豫了，她根本不确定要不要继续往前走。

"咱们现在不能停下来，"外婆说，"必须得勇往直前。如果需要把什么找出来，咱们必须得找到。"

"真的必须吗？"玛娅仍在犹豫。

"总要面对你的恐惧。"外婆说着深吸了一口气，"准备好了吗？我数到三……

一……

二……

二点五……

二点七五……三!"

她们彼此对望了一眼,然后一步步走进漆黑的洞穴。

第4章
一探究竟

山洞里又深又黑，散发着鱼腥味和大海的气味。

"哈喽？"外婆悄声问道，"有人在吗？"她的声音在寂静的洞穴中回荡。

她们等待着，没有回答。

玛娅紧紧贴在外婆身后，她觉得洞里很可怕，她不喜欢黑暗。

外婆摸索着从口袋里掏出一支小手电筒："咱们来一探究竟。"她用手电筒慢慢照向洞穴的四周。玛娅屏住呼吸，拉了拉外婆的袖子，在后面最黑暗的角落里，有一团又大又白的东西。

"那是什么？"玛娅小声问道。

她们蹑手蹑脚地走过去，凑近一看，那隆起的大包好像是一团乱蓬蓬、脏兮兮、缠绕着海藻的皮毛。玛娅想知道，这是不是她看见的小船里的毛皮大衣。

外婆竖起一根手指放在嘴唇上，身子向前倾了倾。一种柔和的、有规律的嗡嗡声从那一大团东西中传出来。玛娅和外婆彼此看了一眼。

"听上去好像在打呼噜。"安妮外婆说，"肯定是活的！"

呃——哈！

那家伙动了一下，玛娅吓得差点灵魂出窍，她试图逃走，却被外婆一把抓住。那家伙两只明亮的眼睛瞪得圆溜溜的，正直直地瞅着她们。

"不用害怕。"外婆轻柔地说。玛娅不确定她是在对自己说，还是在对那头动物说。这句话在玛娅的脑海里回荡："不用害怕。不用害怕……"玛娅刚来时，玛娅不想离开充满安全感的卧室时，玛娅不想去学校时，外婆都说过这句话。可这次不一样，这次是有一头巨大的动物正趴在黑暗的洞穴里，也许它也很害怕。

那家伙盯着玛娅，玛娅向前走了一步，蹲下来。她伸出手，摸了摸它湿乎乎的毛。

"你好，"她说，"你在这儿干吗？"

那头动物抬起头。

"我想它是一头北极熊。"玛娅说,"一头真的、活的北极熊,在我们的山洞里!"

外婆移动手电筒,照在一只破旧的、浸了水的棕色手提箱上,就在熊的前爪旁边。箱子提手上系着一个标签,上面的字迹被水泡过,好不容易才辨认出来。那湿答答的墨迹好像是个名字。

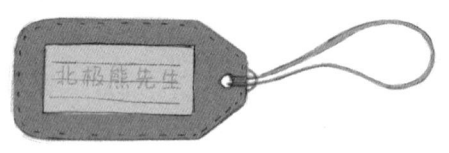

"北极熊先生？"玛娅吸了口气，她将标签翻过来，标签的另一面……玛娅一下子捂住了嘴。

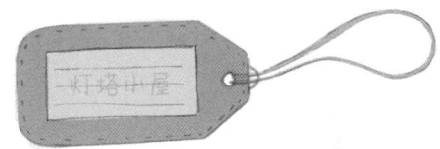

那正是玛娅的地址。她把标签从手提箱上拿下来，揣进了自己的口袋。她想到外面再仔细看看。

外婆在一块大石头上坐下来，揉了揉眼睛，好像在确认带手提箱的北极熊会不会消失似的。"告诉我，这不是我想象出来的，"她对玛娅说，"告诉我，我还没完全发疯。"

"不是你想象出来的，那头熊我也看得清清楚楚。"

"带手提箱的北极熊。"外婆仿佛在极力说服自己，然后哈哈大笑起来，"现在我觉得这是一次真正的冒险了。你干吗不看看箱子里面有什么？毕竟，上面是你的地址嘛。"

玛娅拿不定主意："打开别人的私人物品是不是有点不礼貌啊？你觉得他会在意吗？"

"咱们马上就会知道。"外婆说。

"是我马上就会知道吧。"玛娅心想。她弯下腰，解开两个箱扣。

熊目不转睛地看着玛娅把箱子打开。外婆举着手电筒给玛娅照亮，玛娅打量着箱子里奇奇怪怪的东西，完全出乎预料：一个足球、一副耳机、一个口琴，还有一些不是一般北极熊会有的零碎东西。看起来这是他的记忆盒子，不幸的是这些宝贝都浸了水。

"要把它们拿出来擦干吗？"玛娅问。

北极熊先生啪的一声盖上箱子，把一只爪子放在上面。他笨重地站起来，玛娅发现这是一个她前所未见的庞然大物。她不敢动，真希望自己没碰过那个箱子。熊慢慢地朝她走过来，迫使她一步步后退，最后贴在了岩壁上。现在她被困住了，无处可逃，也无处可躲。她只能等着看接下来会发生什么。熊探过头来，用湿湿的黑鼻子碰了碰玛娅的鼻子。他闭上眼睛，舒了口气。玛娅稍稍放松了一点，这表示友好，而不是敌意。简直太疯狂了，她紧张地咯咯笑起来。熊后退了一步，看着她。

"你好,"她说,"北极熊先生?我是玛娅,这位是我的外婆安妮。"

北极熊先生转向外婆,鞠了个躬。

"我的天。"外婆说着,回了一个小小的屈膝礼。

"我简直等不及要告诉爸妈了,"玛娅说,"昨天夜里我把他们叫醒,我肯定看见了一条小船,可他们偏说是我看错了。现在我可以证明我是对的,他们是错的了。"

外婆看起来有些慌张,她把手放在玛娅的肩膀上:"不行!绝对不能告诉任何人。咱们得弄清楚这头熊来这儿干什么。如果你告诉你爸爸,他就会叫来海警队,把熊拉到动物园去,那就**太可怕了**。"

一听到动物园,北极熊先生立刻连连摇头,好像他比外婆还不喜欢这个主意。

"可是**DWY**不比咱们更懂怎样照顾一头北极熊吗?"为了不让北极熊先生听懂,玛娅用字母代替。

"**不!**"外婆提高了声音说,"他们会把他关在围栏里度过余生,他就再也没有自由了。我认为北极熊先生不是那种会待在DWY的熊。一看就知道,如果他想去DWY,他会写在标签上的,对吧?"

玛娅没有被外婆的逻辑说服,也许外婆忘了熊有多危险,北极熊先生并不是那种可以带回家养的宠物。

"那我可以只告诉妈妈吗?"玛娅问。

"那也不太好,"外婆说,"别的不说,我可不想再给她增添什么……"安妮外婆停顿了一下,好像在小心地选择用词，"担忧了，她早就认为我头脑疯癫了。"

"不，她没有！"玛娅叫起来。

外婆扬起眉毛："我虽然没以前那么精明，可我知道你爸妈是怎么说我的，我又不傻，我也不聋。"

玛娅叹了口气："可是妈妈和爸爸肯定会发现北极熊先生的，把他藏起来可不容易。"

"我们不会永远保守这个秘密。"外婆说，"我们只是先把他安顿好，也许还可以让其他人见见他，让他慢慢习惯。如此一来，到时候你爸妈就可以跟他见面了，他会很友好，不会吓到他们。"

玛娅不想再争辩，外婆已经下定了决心。

"那么**你保证？**"外婆说，"一个字也别告诉别人。"

玛娅点了点头："好吧，我保证。"

"真是个好姑娘，只要咱们齐心协力，一切都会没问题的，你就等着瞧吧。"

"你、我和北极熊先生？"玛娅问。

"一点没错，"外婆说，**"你、我和北极熊先生！"**

第5章
沉默是金

外婆和玛娅沿着海滩匆匆忙忙地走着,涨潮了,哗哗涌来的海浪一波接一波,离她们的脚越来越近。玛娅知道,北极熊先生在山洞里很安全——海水涨不到那么远,可是她不愿意把他孤单地留在黑暗里。

跟熊分别后,一切都开始变得不太真实,好像她真的在做梦。她好想跟妈妈和爸爸讨论一下北极熊先生,可是她已经答应了外婆,她必须得守口如瓶。

"你回来晚了。"爸爸说,"我正要给海警队打电话。丁零零,丁零零。"爸爸咯咯笑着,从口袋里掏出电话,假装在接电话,"这里是海警队。"

"哈!"玛娅转了下眼珠,这是爸爸一贯的幽默——没人觉得好笑。

"安妮外婆今天怎么样？"妈妈问。

玛娅很讨厌妈妈总是这么问，就好像她在等着坏消息一样。

"外婆很好，不错，非常好。"

"真的？可隔壁的萝丝太太打电话说外婆把所有的门都大敞着，然后冒雨出去了。"

"她只是跑到海滩去了。"玛娅说，"那没有什么大不了的吧？"

萝丝太太总给妈妈打电话报告外婆的情况。外婆说萝丝太太爱管闲事，她应该管好她自己。妈妈说有邻居盯着点很有帮助。

"你们俩干吗去了，准是又惹是生非了吧？"爸爸问。

"绝对没有，"玛娅说，"我们……嗯……我们去收集浮木了，还清理了被暴风雨冲上岸的塑料袋。"

"很好，"爸爸说，"至少外婆还没忘记要做一名环保战士。"

玛娅觉得口袋里那张手提箱的标签似乎变得烫手。她不喜欢撒谎，可她又能怎么办呢？没等他们再问什么问题，她就跑上楼去了。

玛娅不得不熬过白天剩下的时间和整个晚上，才能再去山洞。她拿出标签，凑近看了看。单是把它拿在手里，就让她兴奋得心怦怦跳。也许守住北极熊先生的秘密也很好玩。毫无疑问，这个标签是她很长时间以来，放进记忆盒子里的最有趣的东西。她走到桌边，用纸剪出一头大熊。

今天我遇到了一头北极熊，
他的名字叫北极熊先生。
他是从遥远的大洋彼岸，
乘坐一条小船来到这儿的。
我觉得，有意思的是，
他跟我有点像！

玛娅喜欢这种说法。她在纸熊的一角穿了个小洞，把标签挂在上面，然后藏进记忆盒子的最下面。她坐到窗前，把记忆盒子放在膝头，想着这一天发生的事。令人惊讶的是，一场暴风雨能把这么多东西冲上海滩，大多数都是意外——而一头带着手提箱、行李签上写着"灯塔小屋"的北极熊却似乎不像意外。那么，他来这里做什么呢？

第6章

热锅蚂蚁

早上,玛娅在餐桌旁扭来扭去,坐立不安。昨晚她没睡好,满脑袋都是熊,还担忧对外婆的承诺。

"你是热锅上的蚂蚁吗?"爸爸问,"今天天气好得出奇,真希望能跟你去海滩,而不是上一天的班。"

玛娅勉强笑了笑,尽可能专注地吃吐司。要是爸爸知道了北极熊的事,没准儿也会像热锅上的蚂蚁。幸好爸爸来不了海滩,不然事情就会变复杂。玛娅很想知道他是不是真的会把北极熊先生送到动物园去。一吃完,她就准备出发了。

昨天弄湿的帆布鞋依然潮乎乎的,走起路来会有沙子磨脚后跟。外婆正在花园里等她,她们一起走出后门,急匆匆地下到海滩,朝山洞走去。北极熊先生正趴在洞口,舔着自

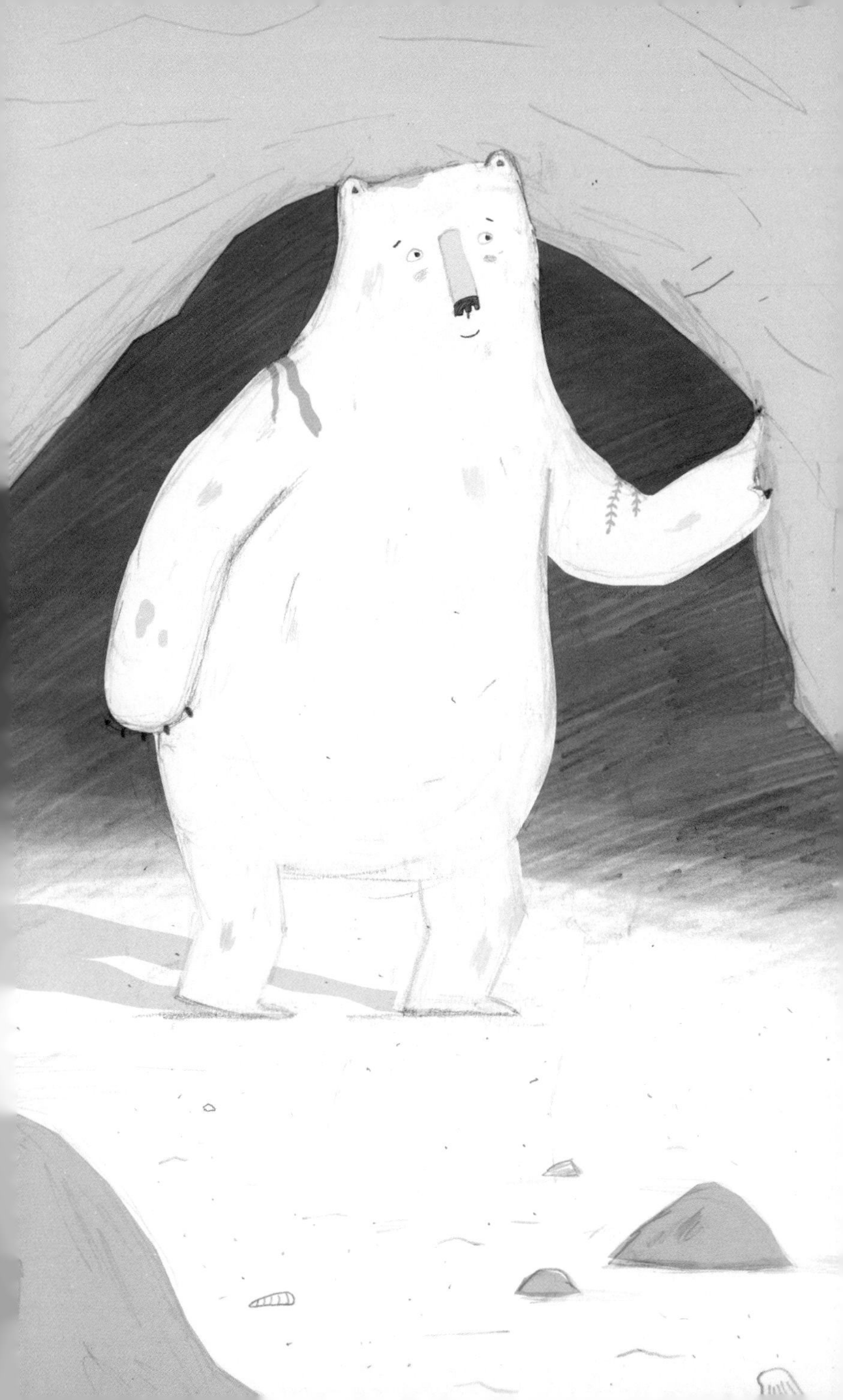

己的毛。一看见她们走过来,他立刻就站起了身。

日光之下,玛娅头一次看清他的真实大小,甚至比她记忆中的还大。

"哇哦!" 玛娅说。

"可怜的熊。"外婆说,仿佛在谈论一件极其平常的事,"首先,咱们得把他毛上的沙子、脏东西和海藻什么的都弄掉,让他舒服一些。咱们带他到船棚洗个淡水澡吧。"

"来吧,北极熊先生。"玛娅喊着,在沙滩上奔跑起来。北极熊先生踢着沙子紧紧追赶,外婆迈着碎步跟在后面。

安妮外婆的船棚在她家里已经传了好几代,外婆总是把它锁起来,但家里每个人都知道密码,就是安妮外婆的生日,八月二十三——2308。玛娅等着外婆开锁,外婆摸索着挂锁,把刻度一个一个对准数字。北极熊先生注视着,脑袋从一边歪到另一边。外婆生气地用力拉锁头。

"不管用,"她嘟哝着,然后看了看玛娅,"你来吧!"

玛娅还没来得及动，北极熊先生就跳起来，用牙咬住锁头用力拉扯。门嘎吱作响，锈迹斑斑的铰链都变了形。

"不是说你！" 玛娅说，"是说我！像你这么拉，房子都会被你拽倒的。"

玛娅把他挤到一边，看了看外婆调的数字，皱起了眉头，密码完全错了。"你决定改生日了还是怎么的？"玛娅开玩笑地问，她重新转动刻度，挂锁砰的一声打开了。

外婆看了看自己的手，"一定是我的手指变老了。"她嘟哝道。

船棚里既整洁又明亮，冲浪板靠在后墙，旁边放着一套黑色潜水服和救生衣。一侧有一张长桌，上面放着一个旧渔具箱，里面装满了呼吸管、面罩、水桶、铁锹，还有各种沙滩玩具。这就是快乐开始的地方，因此玛娅的朋友们都喜欢跟安妮外婆去海滩。

"水桶。"外婆说着，递给玛娅一只蓝色大水桶。

她们到外面的水龙头那里接满水，
然后轮流往北极熊先生身上泼。
外婆尽管不高，但力气很大，
把一桶桶水泼到熊身上根本不是问题。
玛娅却很费劲，好像比外婆慢了半拍。
外婆笑着欢呼起来。
"泼水大战！"她大声喊着。

"不公平！"当又一桶水越过北极熊先生，浇到玛娅头上时，玛娅大叫起来。

外婆看上去快活极了，是玛娅见过她最开心的样子。

玛娅装满最后一桶水，却没有力气泼过去了。

"我赢了。"外婆说。

北极熊先生提起玛娅的水桶，径直倒在了外婆头上。

外婆觉得这一下是最有趣的。

"你会慢慢习惯安妮外婆的,"玛娅悄悄说道,"她跟一般的外婆不一样。"

"问题说出来就解决了一半。"外婆说。

"什么意思?"玛娅问。

"意思就是在北极熊先生的帮助下,对付我这样的老外婆应该会更容易。"

寒意透过湿衣服渗进皮肤,玛娅打起了哆嗦。她依偎到熊身边,希望自己也有他那样厚的皮毛。

外婆也冷得牙齿打战。"我想,是时候启动紧急热可可了。"外婆说,"咱们把北极熊先生送回山洞吧,现在他干干净净的,应该很舒服了。"

北极熊先生看起来并不想回山洞。玛娅找了三条旧毯子带到山洞里,铺在平整的石头上,让北极熊先生躺在上面。她们陪他坐了一会儿,确保他安定下来。玛娅抚摸着他的爪子,外婆给他唱了一首关于大海的歌。她的嗓音比以前抖得更厉害了,但北极熊先生似乎很享受,不一会儿就发出了欢快的鼾声,甚至玛娅和外婆悄悄离开,他都没有醒。

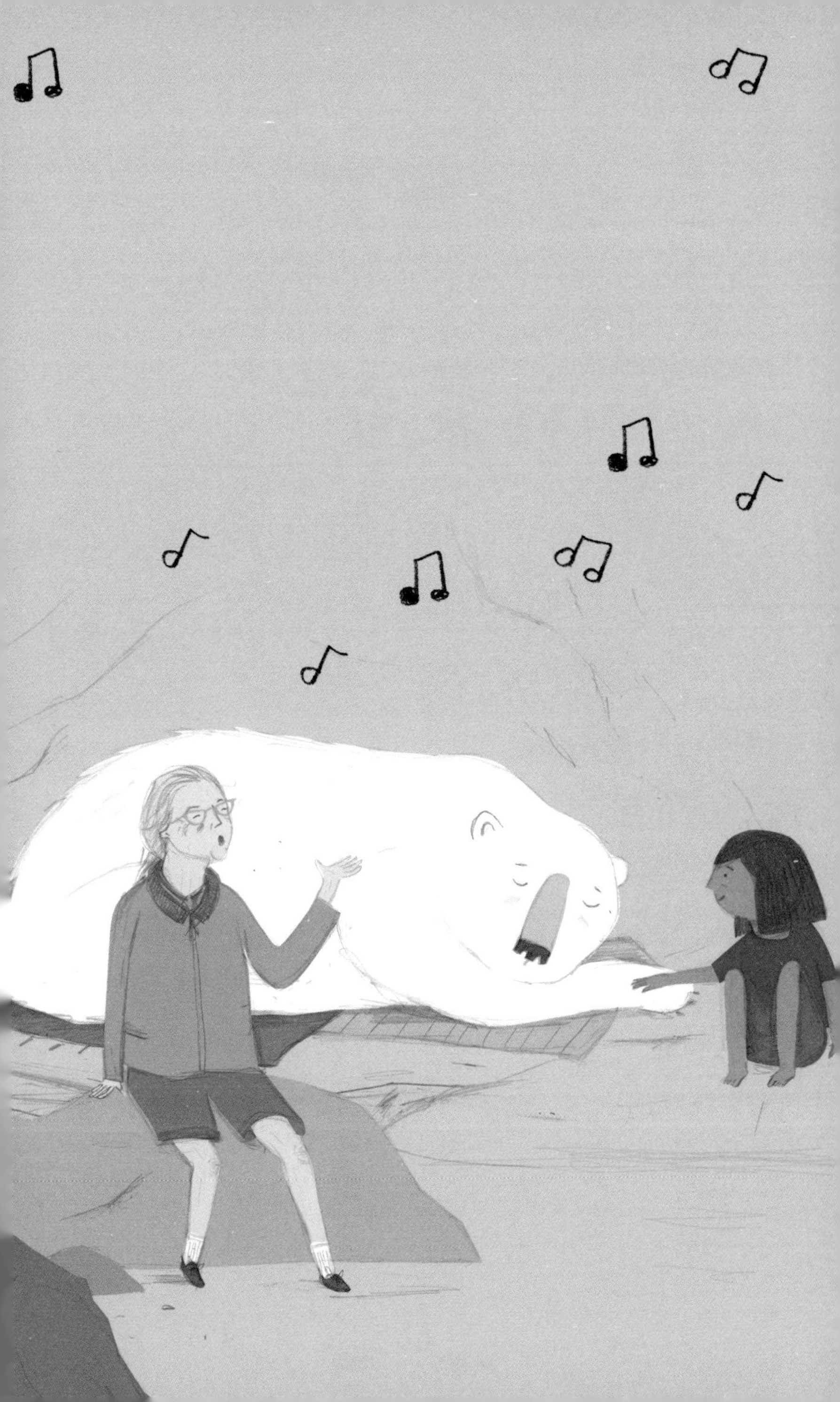

第7章
活在当下

安妮外婆和玛娅默默地往家走,冷得简直说不出话。她们一进屋就脱掉湿衣服,外婆找来两件旧毛衣,上面都起了毛球,还布满破洞。一件递给玛娅,另一件套在自己身上。她们站在厨房里。

"现在我要做什么来着?"外婆问。

"紧急热可可?"玛娅说,"你说过的。"

"哦,对啊。"外婆两手放在案桌上,盯着它们。玛娅等待着,外婆似乎不知道从哪里开始似的。"要我把牛奶拿来吗?"玛娅问。

"牛奶,是的,谢谢。"

外婆从碗柜里拿出两个杯子和一些巧克力,玛娅把牛奶倒进煮奶锅。她们小心地看着牛奶加热，然后倒进杯子里。

外婆喝了一大口："这样好多了。"她说着，拿来一包还没拆封的饼干坐到桌旁。玛娅把毛衣拉到膝盖下面，喝了热可可，她的胃暖和了起来。

"你的弹珠还在吗？"玛娅问，"咱们好长时间没玩了。"

"当然，"外婆说，"一直都在隔壁房间的游戏柜里。"

"爸爸说，他觉得你全都弄丢了，一个也没剩。"

安妮外婆轻轻地叩着指尖："他这么说了？是他的原话？我弄丢了我的弹珠？"

"差不多就是这样的话。"玛娅说。

外婆咽下最后一口热可可，砰的一声将杯子放在桌上。"恐怕你爸指的不是隔壁房间的玻璃弹珠。"她说，"如果你说一个人丢了弹珠，其实是在说他有点健忘或者脑子不太好使了，那是很没礼貌的话。"

玛娅觉得自己又愚蠢又尴尬,还很生爸爸的气。"对不起,"她结结巴巴地说,"我不是那个意思……"

"别担心,"外婆说,"你可以告诉你爸,我还有很多弹珠呢,全部丢光还需要点时间。"

"永远也不能丢光。"玛娅说。

"但愿如此!"外婆拿起了玛娅的信封,"这是你昨天落在这儿的。"

"哦,是的——是你的派对邀请函,我想给你看看,好确保没问题。"

"我还不知道自己有个派对呢,"外婆说,"太可爱了。"

"哈哈,"玛娅说,"非常有趣。"

外婆没有笑,玛娅从墙上摘下外婆的日历,指了指画着气球的一格:"八月二十三号,外婆的海滩派对。"

"八月二十三号?那是我生日啊。"外婆说。

"完全正确,所以我们才要举办海滩派对啊,记得吗?"

外婆揉了揉眼睛,大声地朗读了一遍邀请函上的每个字,然后说:"好漂亮的邀请函,玛娅,谢谢你,我会期待的。"

玛娅把日历挂回墙上,外婆轻叩着指尖。

"你知道吗?要是咱们在海滩开派对,也许可以邀请北极熊先生哦,他能增加点儿刺激。"

嘭!

外婆家的门突然开了,北极熊先生正站在门口。

"**天哪!**"玛娅大叫着跳起来,"你在这儿干什么?**快**,快进来,趁没人看见你。"她后退着把熊领进门,"你是怎么找到我们的?"

"他肯定是听见咱们在谈论他。"外婆说。

"那他的耳朵得多好使啊!"

北极熊先生抬起鼻子嗅了嗅。

"或许是他的嗅觉太敏锐!"外婆说。

"我想他只是爱管闲事!"

北极熊先生继续嗅着,嗅到了桌子对面,然后把鼻子探进玛娅的空杯子里,接着传来一阵奇怪的咂咂声,好像他正在使劲吮吸杯底的残汁。他抬起头,杯子依然箍在鼻子上。玛娅故意板起脸来,北极熊先生专注地皱着眉,想知道该怎么办。他轻轻地晃了晃头。

"小心,北极熊先生。"玛娅说着,想要抓住杯子。

北极熊先生又摇了摇头,这次摇得太厉害了,杯子突然从鼻子上甩了出去,飞过房间,啪的一声撞在了墙上。

"哎呀!"玛娅跳开了。

北极熊先生揉了揉鼻子,看着地板上的碎瓷片。

"天哪!那是我最喜欢的杯子。"外婆说,"是你泰德外公送给我的。"

北极熊先生沾着热可可的鼻子朝外婆伸过去,好像在说对不起。外婆举起手来:"我知道你不是故意的,北极熊先生,可我也不想被喷一脸北极熊舔过的热可可,谢谢了。你最好还是别在这儿挡道,不然你的爪子会被碎瓷片划破的。"

外婆想凶的时候是很凶的,北极熊先生低下头,用余光看着外婆用笤帚把碎片扫进了簸箕里。

"也许咱们可以把海豚的碗给北极熊先生用。"玛娅说,"那样更安全。"

"海豚的碗?"外婆仔细检查着地板,确保没有漏掉的碎片,接着抬起头来说,"可是海豚已经死了啊。"

"对不起,"玛娅尴尬地说,"我只是想,要是你还留着那个碗,咱们可以用它给北极熊先生喂食喂水,免得他打碎别的东西。"

"哦,我明白你的意思了,没错,是个好主意,好像在车库里。"

外婆朝车库门挥了挥手。玛娅过去找碗,她感觉非常糟糕,她不该提起海豚的。海豚是外婆养的老狗,去年死掉了,外婆简直难过得不能再难过。妈妈认为自从海豚走了以后,外婆就变得不一样了。"人上了年纪时失去一条狗,打击是非常大的。"妈妈说,为此她非常担心。

玛娅环顾四周,她怎么能在这么乱的地方找到海豚的碗呢?车库曾是泰德外公的工作间,自打外公去世,外婆再没碰过这里的任何东西。玛娅从来没见过泰德外公,可是外婆的房间里挂满了他的照片,玛娅知道关于他的一切。

在车库中央占了大半边地方的,是泰德外公的滑翔机。满地都是零件,还有许多灰尘和蜘蛛网。外婆一直劝说麦克斯把滑翔机修好,那样她就可以试飞了。可麦克斯的工作非常忙,而且爸爸说外婆根本不可能玩滑翔机。

门轴嘎吱一声响,北极熊先生的大脑袋出现了。

"在这里要小心。"玛娅说。

北极熊先生小心翼翼地侧身经过时,瞥了一眼滑翔机。他停下来抽了抽鼻子,然后径直朝碗橱走去,咔嗒一声打开了柜门。

"你找到了!"玛娅说,"你是怎么做到的?"

北极熊先生用爪子敲了敲自己的鼻子。玛娅拿过碗笑起来:"看来你的饭正等着你呢!"她把碗朝熊倾斜过去,让他看看碗底躺着的死蜘蛛。

北极熊先生用牙叼住碗,一下子扔过车库,好像丢飞盘一样,然后便跑了出去。

"里面怎么了?"外婆喊道,"让那头北极熊小心点,别碰泰德的东西。"

"好的,"玛娅说着,从门口探出头来,"我认为北极熊不喜欢蜘蛛,仅此而已!"

玛娅洗净了海豚的碗,放在地上。北极熊先生舔了舔空碗,满怀期待地看着玛娅。"我想他可能饿了。"玛娅说。

"海里有很多鱼。"外婆说。

"恐怕不好抓,北极熊擅长在冰上捕猎,是不是?他们可不会像鲨鱼那样边游边抓猎物!他们在冰上守着,然后猛扑上去!"

"哦，"外婆说，"那你知道得比我多，我得好好研究一下。"外婆若有所思地朝熊点了点头，然后又一次拿起了玛娅的邀请函。

"咱们要举办派对吗？"她问。

玛娅和北极熊先生坐下来看着她。

"外婆！打住，你知道我们要开一个派对，咱们刚刚还在谈论这事。"

"咱们谈过？咱们刚刚不是在谈论北极熊吗？你不能指望我记住每件事，你知道的。我很忙的，把我的日历递给我。"

玛娅又一次……把画有气球的那一格指给外婆看。

"八月二十三号，"外婆说，"那不是我的生日吗？"

"是的，外婆，"玛娅尽量耐心地说，"是你生日。"

"好吧，只要写在这里，我就不会忘了，是不是？"外婆坚定地说。

"只要你记得看日历。"玛娅嘟哝道。

墙上的挂钟显示午饭时间快到了。

"我得走了，"玛娅说，"回家之前，我先把北极熊先生带回山洞。"

"我想还是让他待在这儿吧。"外婆说。

玛娅叹了口气："不行，外婆，要是让他待在这儿，所

有人都会知道的。"

外婆考虑了一会儿:"好吧,出去时别让那个爱管闲事的萝丝太太看见。"

玛娅前后检查了一遍,确保没有人看见。应该不会有人发现她从后门溜出去下到了海滩。她一路弯着腰,北极熊先生蹑手蹑脚地跟在后面。不一会儿,她和北极熊先生就小跑着回到了海滩。

玛娅想着外婆的派对,纳闷她为什么那么健忘,也许她今天只是情绪不佳,也许是打水仗冻坏了她的脑细胞。

* * *

"外婆怎么样?"妈妈问。

玛娅咬了咬嘴唇:"很好,完全没事。"

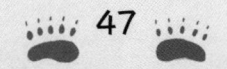

"没有太健忘?"

"没有。"

"没做什么有趣的事?"

"嗯,我们打了水仗,特别有趣。"

"要是你注意到什么,就告诉我们。"

"别担心,我会的。"

第8章
钓鱼之险

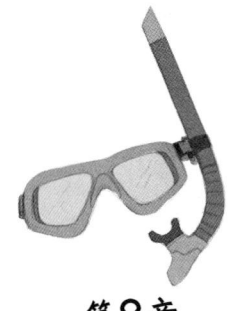

有北极熊先生陪伴的生活变成了一种日常。他好像在山洞里过得挺舒服,外婆也好像很喜欢去看他。"这让我有了一个新目标。"外婆说,"现在你去上学了,变聪明了,我没什么事可做了。我喜欢感觉自己还是有用的。"

"你在说什么呀?"玛娅答道,"要是没有你帮着我,我真不知道该怎么办。我绝对还没长大,也不聪明,你绝对是最最有用的。"

"我想说的是,要么有用,要么废弃。保持有用最好的方法是保持忙碌,北极熊先生确实给我们带来很多思考。"

外婆好像一直在想着北极熊先生,这几天她老认为北极熊先生在挨饿,她很焦虑。

玛娅确信熊能在别的地方找到吃的，他看上去不像在挨饿。可是，说服外婆很难，她打定主意要确保熊吃得饱饱的。

"我希望你明天带几个朋友来海滩。"外婆说，"我有一个绝密任务。"

外婆的任务通常都很有趣，所以玛娅知道，朋友们都乐意来参加。

"这个绝密任务跟北极熊先生有关吗？"玛娅问。

外婆用手指轻轻敲了敲鼻梁。"要是我告诉你，那就不是绝密了，对不？"她说。

"那我怎么跟朋友们说呢？"

"什么也不用说。"外婆说，"交给我就行。"

***

妈妈感到心烦意乱，她担心外婆难以照看三个孩子，想劝艾丽斯过去帮忙。

玛娅没提是三个孩子和一头巨大的北极熊，她还百分之百肯定，如果非要选个人来照顾北极熊，艾丽斯绝对**不行**。艾丽斯满脑子只有男朋友和电视剧，电视剧和男朋友。

"我们不需要艾丽斯。"玛娅说，"我们不会有事的，外婆也不会做什么**傻事**。"

"早安。"艾丽斯穿着睡衣走进厨房，盯着玛娅问道，"什

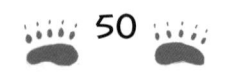

么不需要我？我上大学之前，恐怕你还得再忍受几个星期。"

"我不是那个意思。"玛娅说，"我们在说外婆的任务。"

"那外婆最近在忙什么？"艾丽斯说着，给自己倒了一杯水。

"天晓得她在密谋筹划什么。"妈妈说，"我正在想你愿意不愿意跟玛娅还有她的朋友们到海滩去，只是去照看一下。"

"抱歉，"艾丽斯说，"我头疼得厉害，肯定是得了什么病。总之，就像玛娅说的，她并不需要我。"

玛娅真想找个地缝钻进去，艾丽斯总有办法让她感到难过。艾丽斯吞下两颗药丸，噔噔噔地回楼上去了。妈妈抬起头看了看天花板，随后递给玛娅一个袋子，里面装着午餐和饮料。

"拜托一定要小心，"妈妈说，"不必什么事都按外婆说的去做，要是你觉得很担心，就回家来吧。"

"觉得担心的人是你，不是我。"玛娅把游泳的东西卷在毛巾里，便出发了。她期待见到卡勒姆和露西，他们三个应该能完成外婆的任务，不会有太大问题。

* * *

"要咱们做什么？"他们一起匆匆下山时，露西问道，

"听起来好**神秘**。"

玛娅也弄不清状况:"谁知道呢?可是我有个感觉,会是一件不同寻常的事,没有任何人知道的事。"

"**好酷!**"卡勒姆说。

"**哦哦哦,**"露西说,"果然是安妮外婆式的冒险。"

外婆在山洞外面跟他们会合。"你们一定要明白,这可是最高机密,"她简单说道,"你们保证不告诉任何人,我才能让你们参与。"

露西和卡勒姆急切地点了点头。

"既然如此,是时候把你们介绍给熊了。"

露西和卡勒姆大笑起来:"熊?"他们看了看玛娅。

正在这时,北极熊先生从黑暗的洞穴中走了出来。

卡勒姆和露西吃惊得说不出话。

外婆伸出一只手,其他人只好把手放在上面,北极熊先生也轻轻地放上他的爪子。

"跟我说一遍,"外婆说道,"我郑重发誓,绝不会把熊的事告诉任何人。"

卡勒姆和露西跟着重复了这句话,玛娅发现自己也跟着说了,尽管她不确定自己是否想这样做。

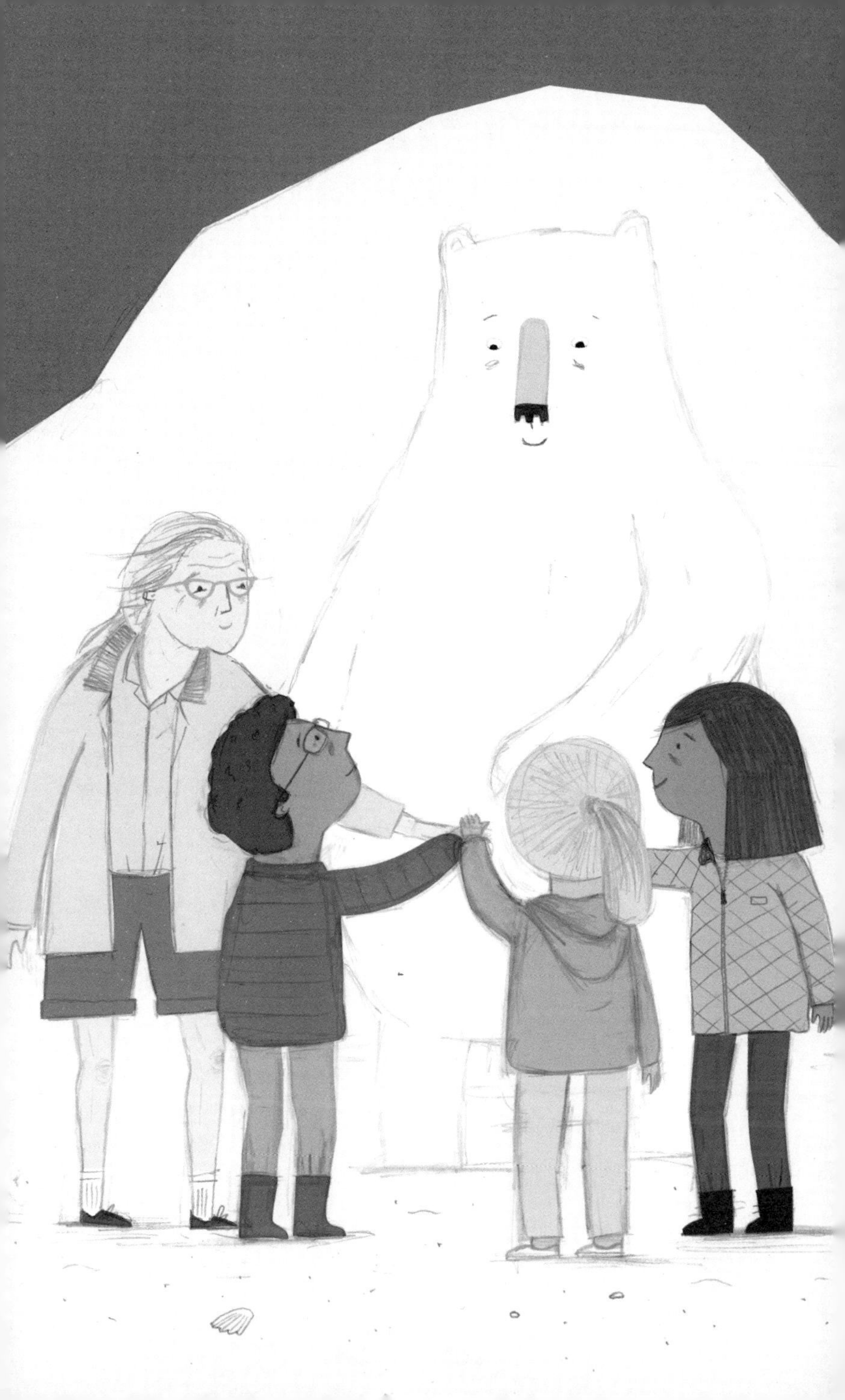

"这就是那个任务吗?"露西问,"把我们介绍给熊?"

"不是!"外婆说,"任务是带着熊去找吃的。不过我们得先准备一下。"

他们跟着安妮外婆回到船棚。玛娅赶紧打开锁,免得外婆再次出错。

外婆首先拿出了救生衣。玛娅、卡勒姆和露西你看看我,我看看你,然后穿好救生衣。不幸的是,没有足够大的救生衣可以给北极熊先生穿,但外婆看起来并不为此担忧。

"你们俩拿着这个。"外婆说着,分别把两支船桨递给卡勒姆和露西,"接下来我需要你们帮我把北极熊先生的船拖下水。"

"什么?"玛娅问,"就是他来的时候坐的那条小船?"

外婆已经沿着海滩大步走开了,她把那条小船拴在了海滩边。

"计划是带着北极熊先生去钓鱼,"外婆说,"昨天晚上我自己试过了,可是需要更多人的重量来稳住船——这就是让你们仨来的理由。"

"昨天晚上你一个人去了?"玛娅说,"外婆,你不该那么干,不安全。"

"我让北极熊先生跟我去的。"外婆说。

"那就更安全了吗?"她注意到北极熊先生犹豫不前的样子,心里更没底了,"外婆,你确定这样可行吗?我们人很多,那条船很小啊。"

"是的,是的,没问题,"外婆说着抓稳小船,让他们爬上去,"别忘了,我一辈子都是在船上过的。"她把桨固定好,然后开始划。

由于重量大,小船吃水很深,不时有浪头掀过船帮,把他们打湿。

"钓竿在哪儿?"卡勒姆说,"没有钓竿咱们可抓不到鱼。"卡勒姆的爸爸是渔夫,他的爷爷也是,所以他对钓鱼探险早就习以为常。

"我们用北极熊的方式钓，"外婆说，"只靠爪子。"北极熊先生捂住了脸，玛娅猜测昨天晚上的探险并不是多成功。

外婆把桨递给北极熊先生，指挥他划向一座岬角。她仔细查看了一下水下。"这儿就行了。"她说着，从船的一边扔下一只小小的锚。

"现在，"她说，"我需要你们仨到船这边来。"

小船左倾右斜，上下颠簸，玛娅、卡勒姆和露西好不容易才挪到船的另一边。

外婆等船平稳下来后,拿起一副呼吸管和面罩。她把面罩戴在北极熊先生的鼻子上,在他的脑后用皮筋打了个结。北极熊先生脸上的毛被面罩压得乱糟糟的,卡勒姆和露西咯咯地笑起来。随后,外婆帮他插好呼吸管。

"我还是觉得用钓竿更容易一些。"卡勒姆说。

外婆看了他一眼:"他是头北极熊,不会用钓竿,只能用爪子抓。"

"我认为,一般来说,北极熊也用不着戴着呼吸管和面罩抓鱼。"露西说。

外婆皱起眉头,说:"那是在北极。"

"那干吗要用船?"露西继续问,"在岩石上抓鱼不是更容易吗?"

外婆大声地叹了口气:"你们到底想不想帮忙?你们应该知道,永远都不能在岩石上抓鱼,因为涨潮时总有被困在那里的危险。"

玛娅看见露西和卡勒姆互相看了一眼。她感到很难过,显而易见,没人喜欢这么做,北极熊先生也不喜欢。可外婆一旦下定决心,就没人能拦得住她。

按照外婆的指示,北极熊先生趴在船的一边,把脸探进了水里。小船惊险地向一边倾斜过去。

"往那边靠,往那边靠,"卡勒姆大喊,**"船要翻了。"**

卡勒姆、玛娅和露西尽可能地向后靠,以免栽到水里去。

"太疯狂了,"露西说,"我们还要这样待多久?"

"我的后背好疼啊。"卡勒姆说。

"安静,"外婆说,"北极熊先生需要集中注意力。"

突然,扑通一声,水花飞溅,北极熊先生把爪子砸进水

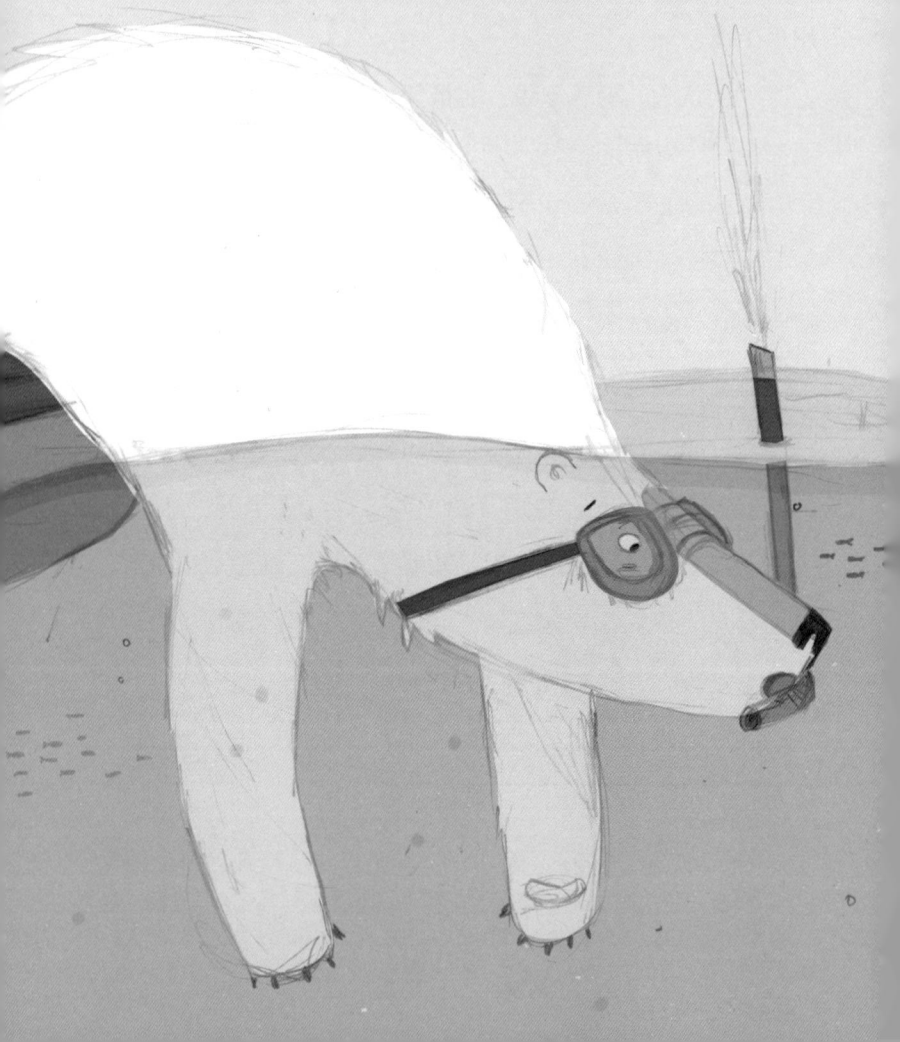

里，拉出了……一只巨大的水母。他看上去十分惊恐。

"**啊啊啊啊啊！**"露西尖叫起来。

"**扔回去！扔回去！**"卡勒姆喊道。

小船剧烈摇晃，激起了更大的浪花和叫喊声。

"**稳住！稳住！**"外婆大喊。

北极熊先生嗖的一下把水母抛回海里，大家才放松下来。

"要是第一次没有成功，那就尝试、尝试，再尝试一次！"外婆说。

可是北极熊先生不想把爪子放回水里，他扯下面罩，把它扔到了船板上。

"咱们可以回去了吗？"卡勒姆问，"这个任务很蠢。"

露西也点头同意。

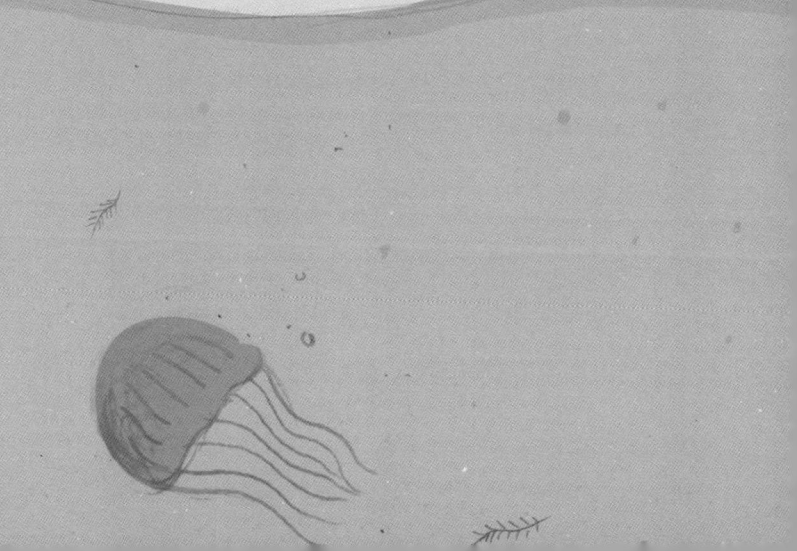

"而且起风了。"玛娅说。

外婆看起来非常失望。"好吧,"她说,"要是你们都这么想的话。"

划回去困难重重。他们逆风而行,海面波涛汹涌,大家轮流划桨,依然没什么进展。外婆也变得困惑了。海水从船两侧溅进来,卡勒姆忙不迭地用一个旧罐子把海水舀出去。

最后,北极熊先生摇起双桨,船才加速了一些,可是等他们回到海滩,每个人都湿透了,心情糟糕又精疲力尽。他们坐在毛巾上,默默地吃着野餐的食物。玛娅给了北极熊先生一半三明治,他很不情愿地嚼了嚼咽下去。

"如果你想要鲜鱼,干吗不去港口我爷爷那里弄些来?"卡勒姆说,"这样不是更简单、更安全吗?"

"我是不会从陌生人那里买鱼的。"

"可我爷爷不是陌生人啊,"卡勒姆说,"你已经认识他好多年了。"

"是吗?"外婆问。

"就是**奥兹**。"玛娅说。奥兹是外婆的一个老朋友。

外婆拍了拍手:"奥兹!我当然认识!我怎么没想到呢?他有很多鱼哦。"

"你外婆没事吧?"卡勒姆小声问道。

玛娅望着大海,这次出行已经很尴尬了,外婆不记得她最好的朋友,只会让事情变得更加难堪。

潮水涨得很快。"咱们干吗不玩'看谁站到最后'的游戏呢?"玛娅建议道。

"看谁站到最后"是外婆最喜欢的海滩游戏之一。玩法是筑一座大大的沙堤,站上去不让海水湿到自己的脚。最后一个没湿脚的人就赢了。

"各就各位……预备……开始!" 外婆大声喊道。每个人都尽全力挖起沙子来。

北极熊先生看得饶有兴味,也抡起他的大爪子挖沙筑堤。他挖得很快,然后用鼻子和爪子把沙子推到一起,很快就筑好了一座沙堤,比别人的高,也比别人的宽。

"干得不错。"玛娅笑起来。

海浪一波波涌来,海水越冲越近。当海浪拍打他们的堤坝时,他们冲着大海又喊又叫,让它"走开"。卡勒姆的脚最先被淹湿,然后是玛娅,接着是露西,之后是外婆。北极熊先生站在他巨大的沙堤上看着大家伙儿。

"你赢了,北极熊先生,"他们大叫,"你是站到最后的熊。"

北极熊先生仍然不肯动,他注视着,等待着,海水一点

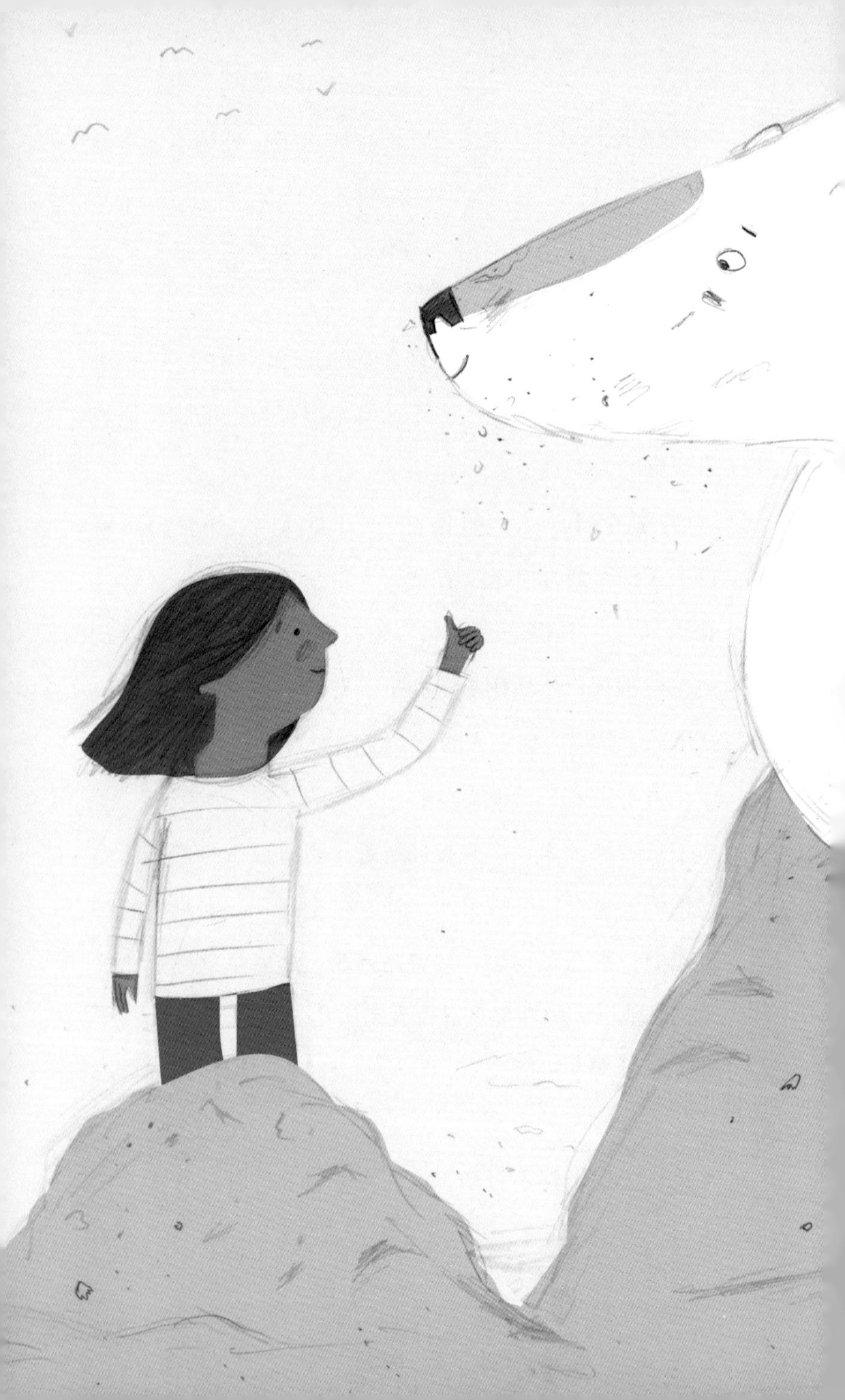

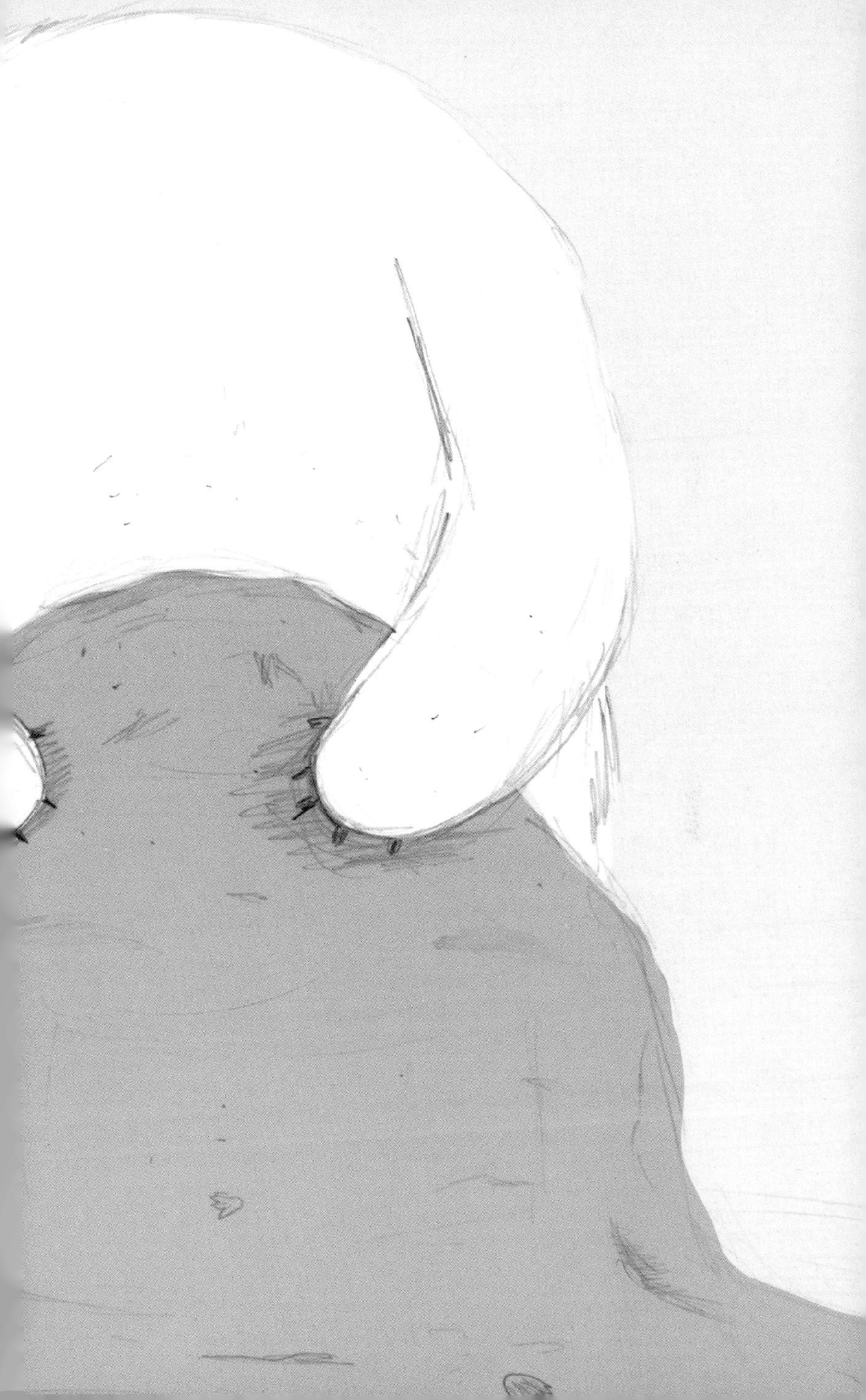

一点侵蚀着沙子,他的沙堤渐渐崩塌。最后一大波海浪扑来,北极熊先生朝越来越近的浪头龇牙咆哮。所有人都屏住了呼吸,海浪轰然冲垮了巨大的沙堆,只留下一个小小的沙包。北极熊先生气呼呼地跌坐到小沙包上,盯着他湿漉漉的爪子。

"时间和潮汐不等人。"玛娅说着笑起来。

"也不等熊。"卡勒姆说。

"潮涨潮落,一天两次,每天如此——我们也无可奈何。"露西说。

北极熊先生两眼盯着再次涌来的海浪,等待着,直到海水就要淹没爪子时,他才跳上海滩,向他的洞穴跑去。

"他太有趣了。"卡勒姆说。

"而且很聪明。"露西说。

"要记着你们的承诺,你们所有人。"外婆说,"我们不能把熊的事告诉任何人,这个非常重要,关系到他的性命。"她的眉毛一上一下地扭动着。

"我们记住了。"他们说。

玛娅看见熊站在洞口,她有一种感觉,好像这个秘密无法保守太久。

* * *

"外婆怎么样?"妈妈问,连头都没抬。

"很好。"

"她没做什么出格的事或者傻事吧？"

"没有。"

"你确定？"爸爸认真地问道，"我给露西的妈妈打过电话，据说外婆带着你们来了一趟奇怪的钓鱼之旅。"爸爸还特别强调了"奇怪"这个词。

玛娅的脸烧起来，露西都说了什么呢？"我们就是划船去了岬角，然后弄湿了一点，没别的。我们都穿了救生衣。"玛娅不敢看爸爸，她并没有撒谎，可也没完全说实话。

"还有呢……"

"没有了。然后我们就划回来了。"玛娅看得出爸爸正在套话。

"可是外婆没有船啊，你们怎么划出去的？"

玛娅飞快地在心里盘算了一下："我们在海滩找的船。"

爸爸扣着指尖："这么说外婆从海滩偷了一只船带你们去岬角，然后又费劲地顶着大浪划回来。"爸爸听起来既像自言自语，又像在提问，玛娅拿不准自己要不要回答。

"借的，"玛娅说，"是她借的船。"

"从谁……"

"从北……"玛娅不得不赶快改口，"从海滩。"

"那钓竿呢?"

"我们不需要钓竿,我们只用爪子。"

"确实,"爸爸慢慢地上下点头,"用爪子,有意思,你不觉得这很奇怪吗?"

玛娅看着地板:"这只是个游戏,外婆的冒险游戏。"

爸爸向前俯下身,握住玛娅的手:"请不要再让外婆带你们用爪子去钓鱼了。"

外婆的最后一次钓鱼之旅

第9章
速滑下坡

第二天早上,玛娅到外婆家时,北极熊先生已经自己找来了,正在厨房里等着。

"你在这儿干吗呢,北极熊先生?你不能想东游西逛就东游西逛,北极熊可不能在这里随意行动。"

北极熊先生满怀期待地盯着海豚的空碗。

外婆正坐在摇椅里,快速地前后摇动着,看起来十分焦虑。玛娅希望她昨天晚上没有再出去钓鱼。

"我想北极熊先生还没有吃早饭,"外婆说,"我们该如何是好?"

"咱们为什么不去港口买些鱼呢,就像卡勒姆说的那样?"玛娅问。

"好主意,谁是卡勒姆?"

"你认识的——**卡勒姆!** 昨天还跟咱们一起来着,奥兹家的卡勒姆。"

"奥兹!"外婆大声说道,"我先前怎么没想起他,他的船上肯定有富余的鱼。"

玛娅也感到困惑了。外婆穿上凉鞋。"咱们带北极熊先生一起去。"她说。

玛娅笑起来:"你不是说咱们带着一头北极熊走来走去,会被人们注意到吗?"

"嗯,反正我不会把他留在家里,谁知道他会搞什么破坏呢。我想把他介绍给奥兹。"

"要是能介绍给奥兹,为什么不介绍给妈妈和爸爸呢?那样事情就好办多了。"

安妮外婆拿起篮子,当她站起来时,玛娅看见她的眼里闪着泪花。"哦,拜托不要。"外婆说,"我不想失去北极熊先生。要是你爸妈发现了他,准会把他带走,或者把我带走,或者把我们俩都带走。我没有准备好,还没准备好。"

玛娅不想看见任何人被带走。

外婆使劲吸了吸鼻子,用袖子擦了擦眼睛。玛娅不愿看见外婆伤心,外婆的脸上应该挂着微笑,而不是眼泪。玛娅决定，再也不提把北极熊先生的事告诉父母了。

通向港口的路十分陡峭，外婆一路跳着往下走，细长的腿露在短裤外面。北极熊先生连跑带颠地跟在她身后，可是路面又湿又滑，凹凸不平，巨大的熊掌没法好好走路。

外婆不时地回过头，咧嘴笑道："跟上，跟上。"北极熊先生全力以赴，但当他开始加速时，玛娅看见他脸上写满了**惊恐**。一路上，他尽可能放低屁股给自己减速，前腿伸直压着斜坡，趾尖尽力抓着硬实的路面，可他的爪子还是疯狂地打滑，最后大头朝下翻滚起来，好不容易才四脚着地。

外婆被一头不太灵活的北极熊追赶,这场面简直有趣极了,玛娅小跑着跟在后面,笑得眼泪都顺着脸颊淌下来。当他们终于下到山脚,可怜的北极熊先生累得舌头都歪出了嘴角,胸脯上下起伏。外婆拍了拍他的脑袋。

港口是外婆最喜爱的一个地方。跟渔船在一起,她觉得舒服又自在。泰德外公曾经是一位渔夫,外婆有很多很多关于外公捕鱼的历险故事,还有他当救生艇船员时勇敢营救别人的故事。

港口也是玛娅最喜欢的地方之一。海鸥尖叫着在头顶盘旋,或者停歇在岸边和椅子上。船只来来往往,卸下捕获的鱼,把裹着盐壳、绳子上缠绕着海藻的渔网摊开。她不是一开始就喜欢这里的,刚来时,海的味道、盐的味道和机油的味道都让她很不舒服,而现在她已经习惯了。大海永不改变,一直在那儿,让人有一种归属感。

北极熊先生很快就从下坡的慌乱中恢复了过来,黑纽扣般的眼睛四处打量。他抽动鼻子,来了三次熊式深呼吸,吸气时还闭上了眼睛。他的肚子发出**咕咕**的叫声。

一大早,船还不是很多,外婆扫视着港口,一发现奥兹就热情地挥起手来,"那是小奥兹。"她说。

玛娅咯咯咯地笑起来，奥兹大概八十五岁了，比外婆还老呢。当她们走近他的蓝色旧渔船时，奥兹从码头上跳下来，给了外婆一个大大的拥抱。然后转向玛娅，也抱了她一下。"早上好，女士们，卡勒姆说过你们可能会来。看看今天带的这位是谁啊？"

北极熊先生张开双臂，给了奥兹一个大大的熊抱。

"噢噢噢，不要太用力啊，你会把我的肋骨压断的。"

玛娅轻轻地拉开北极熊先生的爪子，可怜的老奥兹花了好一会儿才恢复呼吸。"很好！"他看上去有点晕，"你们在哪儿找到他的？"

安妮外婆看着玛娅："咱们在哪儿找到他的？"

"我们是在霍梅海滩发现他的，就是安妮外婆船棚旁边的山洞里。"玛娅说，"几天前的夜里我发现海上有一条小船，结果竟然就是**他**。"

"嗯，"奥兹若有所思地捋着胡子说，"我想，他跟你带我孙子去的那趟奇怪的钓鱼之旅没什么关系吧?"

外婆看着自己的脚,"什么钓鱼之旅?"她问。

"说到鱼,"玛娅想转换话题,"你还有多的吗?有北极熊喜欢的吗?"

这会儿北极熊先生正忙着查看奥兹的渔网,用粗糙的黑舌头在细密的网子里翻来舔去。

"要是他扯坏我的网,恐怕啥也没有了。告诉你们那位贝先生,他需要小心点。"

"北极熊先生,"外婆说,"他的名字叫北极熊先生。"

"不管他叫什么,我可不想让他弄坏我的装备,否则就麻烦了。"奥兹跳回船上,打开甲板上的舱门,"给,可以给你几条这种,虽然是冻的,但我想正适合一头北极熊。"

他朝北极熊先生扔了一条鱼,北极熊先生想举起爪子抓住它。不幸的是,爪子被网缠住了,鱼飞过他的头顶,北极熊先生向后仰,张开嘴,一口就咬住了鱼。

"接得好!"奥兹大笑起来,他把第二条鱼递给玛娅,"把这个吊到熊的鼻子上面,想办法转移他的注意力,我好把我的网救出来。"

玛娅以前可从来没试过分散北极熊的注意力。她把鱼悬在熊鼻子上方他正好够不着的高度,北极熊先生静静地仰卧着，盯着像钟摆一样摆来摆去的鱼，鼻子也跟着从这边转到那边。

"你现在感到十分困倦，"玛娅假装给熊催眠，"我数到十，然后你会乖乖听我的话。"

"那只能做梦了。"奥兹笑起来，"我看那头熊一点都不困，也不像能服从命令的样子。"

奥兹说得没错，北极熊先生精神得很，目不转睛地盯着那条鱼。与此同时，外婆和奥兹小心翼翼地把渔网从他的爪子上摘下来。"好像扯了几个洞。"奥兹摇着头说。

"哦，别那么大惊小怪。"外婆说，"没啥可担心的，我回头就能帮你补好。亡羊补牢，为时不晚，我以前常这样

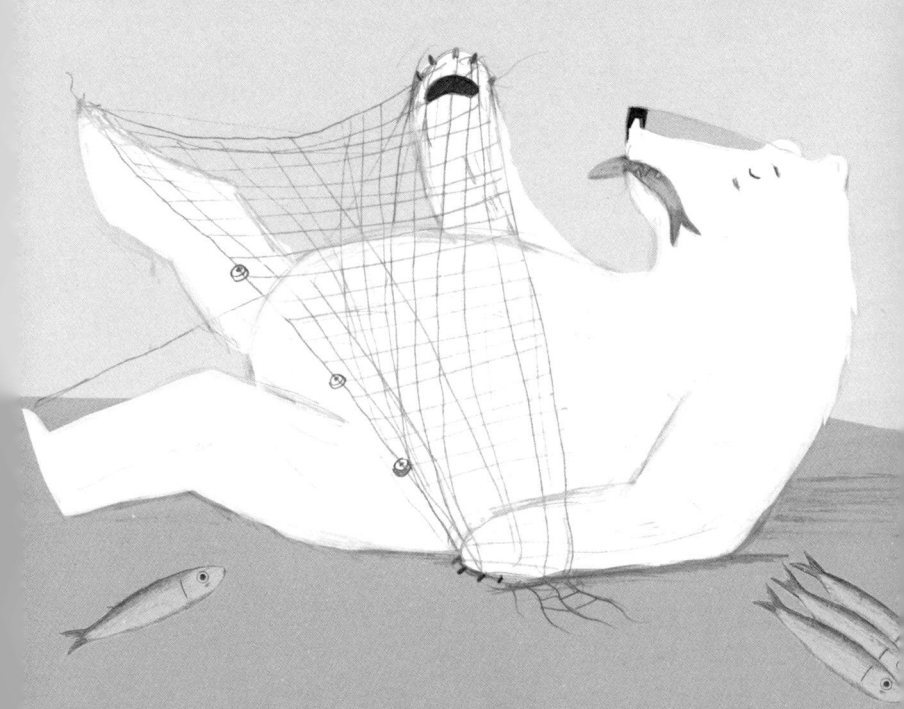

对泰德说。快速处理好问题，日后能省去很多麻烦。"

"你说得对。"奥兹说。

最后，渔网终于弄下来了，北极熊先生依然仰卧着，舒展了一下刚刚松绑的爪子。玛娅把鱼扔进他嘴里，他咯吱吱嚼了嚼便咽下去，然后坐起来，拍了拍肚子，看着奥兹，冲他敬了一个礼。

奥兹呵呵笑着回敬了一个。

"你找到的熊真不错，安妮。"他说，"他会在这里待很久吗？"

"他想待多久就待多久。"外婆说。

"没错，"奥兹咧开嘴笑了，"当然，显而易见。"

奥兹在外婆的篮子里放满了鱼："这应该够你们喂一阵儿了。我会尽量给你们留些渔获的，但不能保证。月亮可不总是圆的。"

奥兹跟外婆道别后，却拉住了玛娅。"你外婆还好吗？"他问，"她好像不大对劲。听说上次的钓鱼之旅，她让你们受到了小小的惊吓。"

"对她来说挺不容易的——她要尽力照顾好一头北极熊。"玛娅说。

"那你好好照顾她，"奥兹说，"她是个很特别的人。"

"我在尽力了。"玛娅说。

肚子吃得太饱，加上太阳晒起来，北极熊先生气喘吁吁地爬上了回外婆家的陡坡，他的脚步越来越慢，抱怨声却越来越大。玛娅想从后面推他一把，但那就像在推一辆小汽车。当他们终于回到外婆家的厨房，北极熊先生扑通一声倒在了地板上。

"海豚的碗怎么在这儿？"外婆指着地板问道。

玛娅咽了口唾沫，慢慢地说道："我们现在用它喂北极熊先生——记得吗？"

外婆弯下腰，捡起碗紧紧抱在怀里："可是海豚已经死了。"厨房里突然变得非常安静，玛娅不知道该说什么。安妮外婆久久地使劲盯着北极熊先生，然后揉了揉眼睛，仿佛非常疲惫。

"我真的好想海豚。"她说。

第10章
面对现实

一个星期过去了,没发生什么太离谱的事。每天早上,玛娅和外婆会去港口收拾些鱼回来,带到海滩给北极熊先生吃。有时卡勒姆和露西也会跟他们一起。外婆和玛娅向北极熊先生介绍了潮水潭和里面朝气蓬勃的螃蟹,以及远处成群的海豚,有时这些动物会在港湾里嬉戏玩耍。她们还展示了怎么建造一个巨大的沙堡,有北极熊先生帮忙挖沙子,他们的沙堡越建越庞大,越造越复杂。外婆很高兴有北极熊先生陪伴,有他在,外婆的大脑似乎不那么健忘了。

北极熊先生好像也很开心,他开始四处溜达——这就麻烦了。

"你不能随便乱逛,不能想去看外婆就去看外婆。"玛

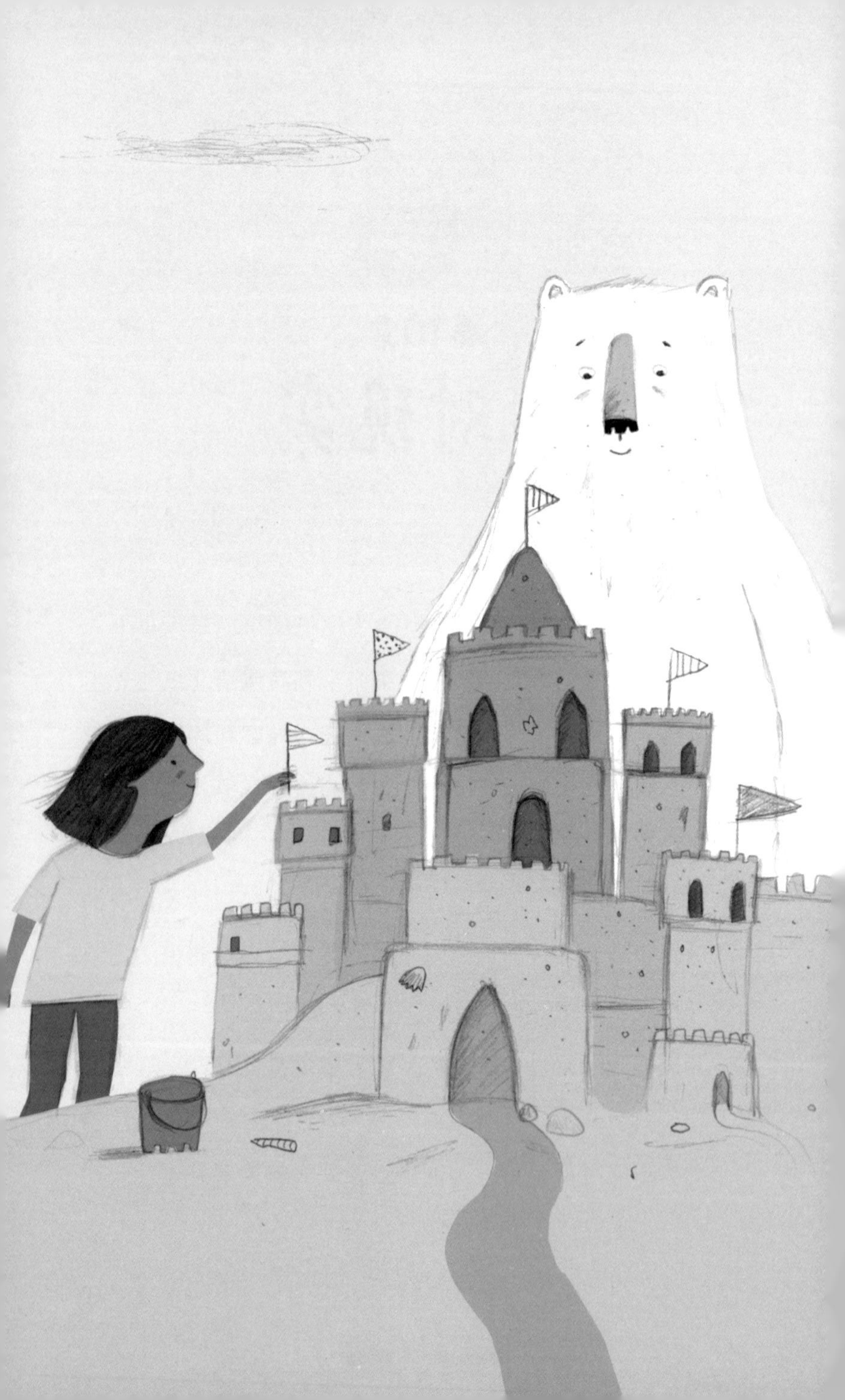

娅严厉地说，"要是被萝丝太太发现，准会立马告诉爸妈，那你可就给我们惹大麻烦了。"

"你也不能去港口找鱼吃。"卡勒姆说，"不然爷爷说他也会有大麻烦。"

露西建议把北极熊先生转移到船棚里住，大家都觉得这主意不错。"他在那里会更安全，至少你知道他在哪儿。"

于是，星期五的下午，玛娅把北极熊先生留在了船棚，还有他的手提箱和一大桶鱼。在温暖的阳光中，她溜达着回了家，妈妈正握着一杯茶蜷在扶手椅里，爸爸坐在桌边翻阅着攀岩杂志，他们看起来都累坏了。楼上传来艾丽斯放的音乐声，音量很大，震得妈妈杯子里的茶都在微微颤动。

"外婆怎么样？"妈妈问。

"外婆很好，其实……"玛娅很高兴自己说的是实话，"她很忙。"

"忙着讲北极熊的故事。"爸爸头也不抬地说。

玛娅吓得心脏差点停止跳动："什么意思？"

"这就是你往外婆脑袋里塞东西的后果。"爸爸说，"你说那天晚上你以为自己看见了一条小船，船上坐着个身穿白色大外套的东西。现在可好，不知打哪儿冒出来的，外婆老认为自己身边有头北极熊，为他找吃的，还像北极熊一样捕鱼。"

"可我什么也没说啊。"玛娅说。

爸爸合上杂志,扔在地板上:"那这种疯狂的想法是从哪儿来的呢?"

玛娅想了一会儿,然后看着他的眼睛问道:"要是真有一头北极熊呢?"

"拜托,玛娅,我们都知道根本没有北极熊。我知道你有多爱安妮外婆,可陷进外婆的故事对她没有帮助,也帮不了任何人。我们得面对现实,北极熊事件只不过是另一个迹象,表明她在快速走下坡路。"

妈妈生气地看了爸爸一眼:"咱们说过的,现在不讨论这个。"

"外婆做什么都很快速,"玛娅说,"没人能赶得上她,你们不要烦她了,也别再担心了。"

爸爸站起来,轻轻地把玛娅抱在怀里。"你说得对,她的身体状态很好——可能比我还健康。我们担心的是她的精神状态。"

"你是说她丢了弹珠吗?"玛娅说。她简直无法克制自己声音里的愤怒。

妈妈抬高眉毛看了爸爸一眼。

"我不该那样说她，"爸爸说，"那样说很不好，我也不想听你说出口。"

"外婆给我解释过这话的意思了。你说她丢失了自己的弹珠时，我还以为她**真的**弄丢了弹珠呢。"玛娅说，"不管怎样，现在我**彻底**明白了。外婆解释过了，而且我**绝对不**赞同你的说法。"

妈妈举起双手："别生气，我们只是想关心她。我们为此担忧，你应该感到高兴，这说明我们很在意她。"

"我也在意，可就算她有时忘了一些事情又怎么样？就算她发现了一头北极熊又怎么样？**这有什么区别？**"

"有很大区别，这说明情况越来越糟了，"爸爸说，"我们不能让她把自己或别人置于危险之中。"

"但外婆不会那么做，"玛娅说，"或者说她不会故意那么做。"

"一点也没错，"爸爸说，"我同意，她绝不会故意那么做的，但总有一天她要面对现实，意识到自己的决定并不总是那么理智。我们需要为将来做打算。"

玛娅感到房间里的空气似乎被吸走了，她告诫过自己不要过度思考将来，她喜欢事情现在的样子。

艾丽斯的音乐声大得穿透了地板，在房间里回荡，"嘣嚓嚓，嘣嚓嚓。"妈妈突然推开门，朝楼上大喊：**"艾丽斯，我跟你说过多少次了，把音量关小点。"**

玛娅捂住了耳朵，她讨厌妈妈大喊大叫，那会勾起她记忆深处的伤痛，让她害怕。玛娅很高兴看见麦克斯滑着滑板进了厨房。

"出什么事了？"他说着，伸手揉玛娅的头发，玛娅闪开了。麦克斯穿着潜水服和人字拖，黑色的卷发在脑后扎成马尾辫。

"不就是安妮外婆的事，"爸爸说，"还有她的宠物北极熊。"

"哦，那个啊！"麦克斯咧嘴笑了，"外婆的北极熊是镇上的热门话题。"

玛娅心里非常挣扎。她讨厌家人取笑安妮外婆和北极熊先生，因为外婆是对的，错的是他们。可她又怎么能告诉他们呢？她已经答应外婆什么也不说了。

"那好吧，我要去冲浪了，有人想去吗？"麦克斯说，"下午我会赶回来的。"

玛娅嗖的一下站了起来，她的大脑飞快地运转着。要是麦克斯去冲浪，那就意味着他要去霍梅海滩。没有冲浪板就不能冲浪，而他的冲浪板就放在船棚里。船棚里有……北极熊先生!

"我想去。"玛娅说,"等我一下。"

第11章
深水急流

麦克斯一看就是外婆的亲外孙,他也有两条细长的腿,走路也像一阵风似的。安妮外婆曾劝他去当渔夫,像泰德外公一样。可是麦克斯另有打算,现在他在一家大玻璃厂当吹玻璃的学徒。

麦克斯牵着玛娅的手,走过外婆的小屋,沿着陡峭的小路向海滩走去。

"没事吧,小妹?"麦克斯问。

"有点事。"玛娅答道。她很喜欢麦克斯这么叫自己。学校里人人都羡慕玛娅有麦克斯这个哥哥,因为他非常酷。要是玛娅能自己选一个哥哥,那一定就是麦克斯。

"你不用担心爸妈不高兴。父母有时就是这样,妈妈因为安妮外婆非常紧张，我想爸爸也被北极熊这件事搞得头疼。"

玛娅拉住麦克斯的手停下来。"北极熊这件事，"玛娅说，"其实……真的有北极熊。不是外婆编出来的，也不是她的想象。他叫北极熊先生，住在船棚里。"麦克斯突然大笑起来，玛娅怀抱双臂，严肃地看着他。

"老实说，你有时候比外婆还严重。"麦克斯说。

"随便你，"玛娅说，"信不信由你，反正奥兹知道，卡勒姆和露西也知道。"

"啊，这么说你们全都是外婆的同谋？"麦克斯极力让自己保持严肃，可玛娅从他抽搐的嘴角看到了强忍的大笑。"我跟你比赛往下跑，看谁先到，怎么样？"麦克斯说。

"好啊，可别说我没警告过你。"玛娅沿着小路飞奔而下。麦克斯脱下人字拖，扑通扑通跟着跑下来。几分钟后，他们来到船棚外，玛娅气喘吁吁地打开挂锁。即使在外面，也能嗅到一股动物的气息。

"准备好了吗？"玛娅问。她砰的一声打开门，麦克斯两腿打弯儿，一下子跪在了沙滩上。他张大嘴巴，**瞪圆**了眼睛，**盯着**北极熊先生，北极熊先生也**盯着**他。

"怎么样？"玛娅问。

麦克斯点点头："没错。"他又点了点头："没错，船

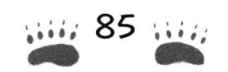

棚里……有一只北极熊。**哇哦！** 真没想到。"

"北极熊先生，来认识一下我哥哥麦克斯。抱歉，他看起来很震惊，因为他不相信你是真的，谁让他不信我的话。"

玛娅套上潜水服，拿起她的小冲浪板。"来吧，北极熊先生，游泳时间到了，谁最后下水谁是胆小鬼。"

麦克斯这才回过神来。他一跃而起，抓起自己的冲浪板，冲下沙滩，去追玛娅和北极熊先生。

"靠左边走，"麦克斯朝他们喊道，"这会儿离岸流特别强，咱们得尽量靠左，不然会被拖进海里的。"

"我知道，傻瓜，" 玛娅一边跑一边喊，"安妮外婆已经给我强调过上百次了。"

玛娅和麦克斯 扑通一声 跳进水里，冷得大口喘气。这会儿北极熊先生已经把他们甩出很远了，他推开海浪向前冲，仿佛面前空无一物，他伸展四肢跃过白色浪峰，又俯冲下来，潜入更大的海浪中。他的皮毛在水中显得既柔顺又光滑。当他们游到更深更黑的水域时，玛娅仰漂在水面上，北极熊先生则慢慢地前后游动，鼻子朝天，发出柔和而深沉的咕噜声。

"你喜欢这样，是吧？"玛娅说。她好羡慕北极熊先生在水里能这么舒服自在。她学游泳时，花了好长时间才克服

对水的恐惧，不过最后终于学会了，多亏了外婆。

北极熊先生闭上眼睛，翻了个身，漂在她身旁。

"有好浪要来了，"麦克斯喊道，"做好准备。"

他们放过了两波小浪。

"就是这个！"麦克斯拼命划水，玛娅和北极熊先生也照着他那样做。

浪头比玛娅预期的还大。她没把握好时机，浪头把她掀下了冲浪板，她在水里不停地翻滚。咸咸的海水灌进了她的鼻孔和嘴巴，全都弄得一团糟。在她浮出水面，海面重回平静之前，玛娅如同在洗衣机里滚了几秒钟。她挣扎着从海里爬上来，北极熊先生坐到她身旁的沙滩上。

"你没事吧？"麦克斯喊道。

玛娅咳嗽了几下。"简直一团糟。"她气急败坏地说，麦克斯蹚水走了回去。海浪越来越大，玛娅不想玩了。她迅速擦干身体，穿上紧身裤和毛衣。

"哈喽，"身后响起了悠扬的声音，"很高兴看见你带着北极熊先生玩冲浪。"

"外婆！"玛娅尽量不流露出自己的惊讶，"你来这里做什么？"外婆穿着破旧的潜水服，胳膊下夹着冲浪板。玛娅吃了一惊，她好久没见过外婆冲浪了。

"我看见你跟一个陌生人打房前走过，所以过来看看你。"外婆说着，指了指麦克斯。

"那不是陌生人，"玛娅说，"是麦克斯！"

"麦克斯？真的？天哪，他长大了。"

玛娅笑了。

麦克斯举起一只手挥舞着。外婆也朝他挥了挥手，沿着海滩走去。

玛娅俯下身，抓起一把沙子，让沙从指缝间流下去。麦克斯二十二岁，外婆从他一出生就认识他，直到他长这么大。外婆几天前才见过他，顶多一个星期。她能理解外婆忘了卡勒姆是谁，可不认识麦克斯？自己的亲外孙？那可不妙。玛娅晃了晃头，依然能感觉到耳朵里哗啦哗啦的水声，这让她很烦。她把头歪向一边，使劲拍打另一侧的耳朵。这个做法不奏效，她又做起了倒立，一般来说倒立总是很管用。

"有时候，北极熊先生，"玛娅双手支撑，在沙滩上倒立着走了几步，"有时候我真希望外婆的头也能倒过来几秒钟，让一切都回归正常。"她把脚重新放回地上。

北极熊先生也把头歪向一边，用力拍了拍耳朵，然后前腿陷进沙子里，后腿使劲往上踢。玛娅看着他，大笑起来。他一会儿倒向这边，一会儿又倒向那边。玛娅尽全力帮他保持平衡，可是他实在太重了，她根本支撑不住。

"就快成功了，北极熊先生，再试一次！"

北极熊先生又往上踢了一次，成功保持了几秒钟的平衡，他紧咬牙关，前腿因为太用力而颤抖，身上的毛也倒竖起来。随后便轰然倒在了沙滩上。

玛娅笑得直不起腰来，她四面张望了一下，看看是否被人看到。她看见麦克斯正冲向下一波海浪，可是外婆在哪里？

"哦——不！"她大声喊叫起来，**"安妮外婆！"** 玛娅一边尖叫一边跑下海滩，"别去那儿！靠离岸流太近了！

快回来！"

玛娅的话被淹没在了风里，她无助地看着外婆慢慢地朝更深处划去，那里是这一带最危险的地方。

这时，麦克斯也发现了外婆。"**外婆！**"他高高地挥舞着双臂大喊，"**外婆！快停下！**"

他拼命地朝外婆划去，可是太晚了，外婆已经到了深水区。麦克斯还没赶到，她就被吸进了海里。玛娅极力控制着自己的恐慌，清晰地思考着爸爸说过的话，她知道最糟糕的事情就是去救外婆，那样两个人都会陷入危险。她看到外婆想要侧身游出湍流，可是水流太强了，她被越拖越远。

北极熊先生站了起来，扑进汹涌的浪涛中。他似乎明白自己要做什么。他没有与急流搏斗，而是让水流带着他，顺着水流游动。他动作迅速，径直向安妮外婆瘦小的身影冲去。他是玛娅见过的最强壮的游泳健将。麦克斯从水里出来，来到玛娅身边。他们紧紧抱在一起，看着外婆和北极熊先生在浪涛中时隐时现。

"他会把外婆救回来的，是吧？"玛娅声音急促，抖成了一团。

"北极熊可以游几百公里。"麦克斯说，"要是有谁能救安妮外婆，那肯定是北极熊先生。"

北极熊先生越游越近，很快就到了安妮外婆那里。他们离岸太远了，就像大海中的一个小白点和一个小黑点。"浪头更汹涌了。"玛娅小声说道。

麦克斯点了点头，把她搂得更紧了。恐惧刺痛了玛娅的胸膛，往事浮现。她把脸埋进了麦克斯的潜水服里。

"快看！他好像抓住外婆了。"麦克斯说。

玛娅偷偷看了一眼。外婆趴在北极熊先生的背上，北极熊先生游啊游，慢慢地，慢慢地，游向了安全地带。

"他做得非常对。"麦克斯说。

玛娅想要点头，可是她的脖子僵硬，头也好重。似乎花了一辈子那么久，北极熊先生才回到安全地带。他游到了岸边，安妮外婆终于得救了。

玛娅深吸了几口气，麦克斯放开了她。

"我以为她要淹死了，"玛娅抽泣着说，"要是她出了什么事，我真不知道该怎么办才好。"

"她会好起来的，"麦克斯说着，蹲下来，双手抓着玛娅的胳膊，"听到了吗，玛娅？安妮外婆会**没事**的。"

玛娅点了点头，她想看见外婆安全回到岸上。

"现在去拿毛巾吧，"麦克斯说，"外婆可能休克了，得让她暖和一点。"

玛娅很愿意做点什么，等她回来时，麦克斯和北极熊先生正把外婆从水里拉出来。他们轻轻地让她坐在沙滩上，用大毛巾把她包住。外婆脸色苍白，喘不过气来。麦克斯摸了摸她的脉搏，玛娅抓住她的手捏了一下。

"我没事。"外婆声音嘶哑地说。

麦克斯扬起眉毛，"你能活着真是太幸运了。"他说，"你以为自己在干吗？"

外婆的脸颊渐渐有了血色，但目光仍然呆滞："我以为……那是另一条路。"

"离岸流?"麦克斯说。

"现在我知道自己错了。"她说,"不明白我怎么这么糊涂。"

"别担心,重要的是你平安无事,"麦克斯说,"现在该送你回家了。"

外婆的腿站也站不稳,更别提走路了,不过北极熊先生很乐意帮忙。他趴下来,让外婆爬到他的背上,背着她慢慢走回了家。到了家门口时,外婆看上去精神多了。"现在我可以自己应付了。"她说着,从北极熊先生的背上滑下来,站在地上。

"我可不觉得。"麦克斯小声嘟哝道。

第12章
久别情疏

他们让外婆去洗热水澡,然后坐在厨房里等着她。北极熊先生一副坐立不安的样子,好像有些惊魂未定。玛娅从冰箱里给他找了一些奥兹送的沙丁鱼。

"刚才简直是我这辈子最糟糕的时刻,"麦克斯说,"真不敢相信外婆干了什么!我们很可能会失去她,老实说,要是北极熊先生不在场,我真的不知道该怎么办。我不敢保证自己的力气足够大,能把外婆从那样的急流中救出来。"

听到自己的名字,北极熊先生从碗里抬起头,咧开了嘴。

"真不愿意去想爸妈会怎么说。"

"说什么?外婆差点被淹死的事,还是外婆跟一头北极熊住在一起的事?"

"**两个都是！**"麦克斯说。

"那就别告诉他们了，他们已经够担心的了，而且外婆现在**没事**了。"

"外婆**有事**，玛娅，咱们得告诉他们。想想吧，要是今天外婆去冲浪时咱们不在会怎么样！要是咱们拼命去救外婆了，而离岸流吸力太强会怎样，没准咱们都会被淹死。这是非常严重的，你不能把这件事瞒着，假装没发生。爸妈需要知道，他们需要知道发生的一切。"

"可是，外婆让我保证不把北极熊先生的事说出去。她说爸爸会把熊送去动物园，北极熊先生为我们做了这么多，他被送走的话，我永远都无法原谅自己，外婆也会活不下去的，她爱那头熊。咱们能再多保密一阵吗——为了外婆？"

北极熊先生把头歪向一边，用大大的黑眼睛盯着麦克斯。

麦克斯双手捂住脸："**好吧，好吧！**被一头北极熊那样盯着，我还能说什么呢？不过要是爸妈发现了，咱们会有大麻烦的，咱们所有人。"

玛娅点了点头。

* * *

过了好一会儿，外婆才回到厨房。她穿着睡衣和暖和的夹克，长发垂在背上。

"哈喽，"她看着麦克斯，显得很惊讶，"你在这里做什么？"

麦克斯吃惊地瞪着她。

"他是来这儿帮忙的。"玛娅说。

"帮什么忙？"外婆说着，朝四周看了看，"我不需要帮忙。"

麦克斯抬起头看着天花板，"没关系，"他说，"我还是带北极熊先生去车库吧，你俩单独聊一聊。"

"让北极熊先生看看滑翔机，"外婆说，"你应该帮我修好的，记得吗？"

"好的，外婆，我记着呢。记性不好的可不是我。"

"我的天，麦克斯长大了。"麦克斯和北极熊先生离开房间后，外婆说，"他现在脸皮可真厚。"

玛娅给外婆泡了杯茶，又帮她围了块毯子。麦克斯和北极熊先生在车库里弄出了可怕的噪声，可是外婆太累了，没过多久，她就睡着了。玛娅看了她一会儿，便轻手轻脚地走到车库，从门口探进头来。麦克斯和北极熊先生都戴着防护面罩，麦克斯手里拿着奇怪的工具，一碰到金属，就会迸溅出金色的火花。

玛娅捂住耳朵，麦克斯停下来，把面罩推上去。

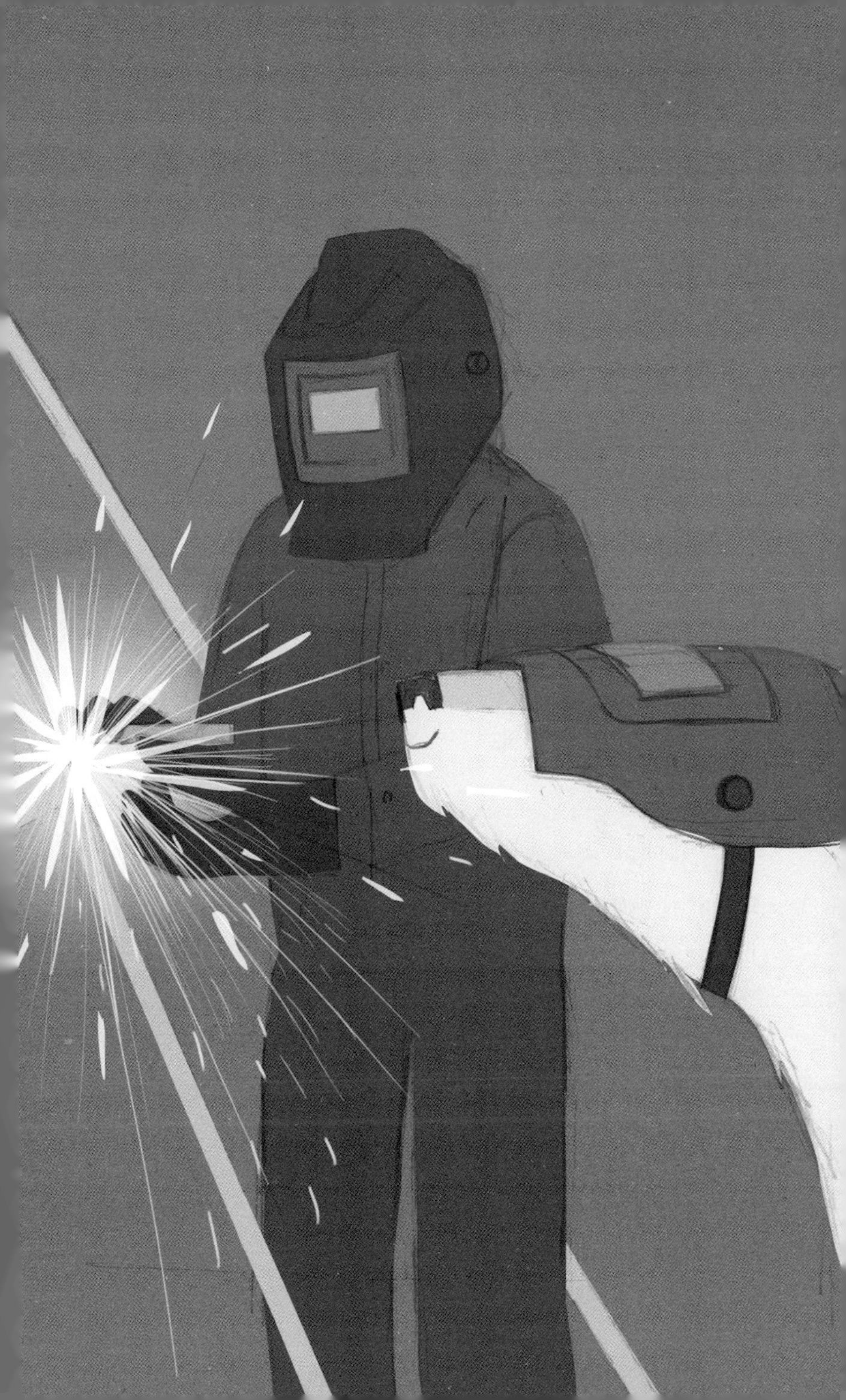

"外婆睡着了。"玛娅说着,关上了门。

"谢天谢地。说实话,有时候我甚至怀疑她知不知道我是谁。"

"她说你长大了,"玛娅说,"可是她从来没说过我长大了。"

麦克斯拉下面罩,继续焊接滑翔机。玛娅只好等他停下来时再说话。

"快弄好了吗?"她慢慢地绕着巨大的滑翔机走了一圈。

"初具规模了。"麦克斯说,"请把螺丝刀递给我,北极熊先生。"北极熊先生抓了一把工具伸过来,让麦克斯从他的爪子里挑自己需要的。

"外婆知道你是谁,"麦克斯说,"她没问你在这里做什么。"

玛娅能看出麦克斯脸上的委屈,也能听出他声音里的难过。这让她感到内疚,麦克斯出现在外婆生命里的时间可比玛娅长。

"我来看她的次数比你多,仅此而已。"玛娅说。

"久别情疏呗,是这个意思吗?"

"有点吧,"玛娅说,"等她醒过来就会好的。"

麦克斯摇摇头,拧紧了一颗螺丝。"我都不知道自己干吗要费劲修这个东西，外婆永远都不会用它。"

麦克斯的手机嗡嗡作响。他摘下面罩，把手伸进口袋。

"是妈妈，她想知道咱们在哪儿。"麦克斯读完短信，又看了看时间，"咱们得回去了。"

"你觉得把外婆一个人留下可以吗？"玛娅问。

"咱们让北极熊先生陪着她，他救过外婆一次，所以我相信他会留心的。"

"希望萝丝太太不要突然来访。"

麦克斯搂着玛娅的肩膀笑起来："要是萝丝太太撞上北极熊，没准儿就不会那么爱管闲事了！"

他帮北极熊先生摘下面罩，合上了工具箱的盖子。"照顾好安妮外婆，"他对熊说，"别惹麻烦哦。"

玛娅快速地

跟北极熊先生拥抱了一下,熊站在门口,目送他们离开。

"安妮外婆的情况越来越糟糕了。"他们朝山上的灯塔小屋走去时,麦克斯说,"我觉得爸爸说得有道理,也许得考虑一下外婆将来怎么办了。"

"她早上就会好起来的,那会儿她的大脑不太累。"玛娅说。

"咱们得把船棚的锁换了,确保她不会再去冲浪。"

"不用,"玛娅说,"反正她也记不住锁的密码。"

外婆最后一次冲浪

第13章

最后一击

妈妈、爸爸、麦克斯、艾丽斯和玛娅围坐在餐桌旁。他们吃完了饭,清理了盘子。艾丽斯正在给自己的长指甲涂上亮闪闪的蓝色指甲油,爸爸用他的叉子上下敲打着。玛娅平时很喜欢和家人围在桌边闲聊,今晚却不然。

"外婆被卷进离岸流了!真的吗?"爸爸说。

麦克斯点了点头。

爸爸将双手平放在桌子上。"这是压死骆驼的最后一根稻草!你们知道离岸流有多危险吗?你们三个都会送命。"

"可是我们**没事**。"玛娅说。

"毫无疑问,我妈一个人住已经不安全了。"妈妈说。

"安妮外婆不是一个人,"玛娅说,"她有我们啊。"

"但我们不能一天二十四小时陪着她。"妈妈走到窗口,看着外面,"要是她突然走丢怎么办?即使风平浪静的天气,海岸也很危险。要是出了什么事,我永远都不会原谅自己的。"

"可她不会走丢的。"玛娅说,"她认识每条街、每条路、每座房子、每块砖。"

大家都转过头去看着玛娅,那种神情是在叫她闭嘴,他们比她知道得更清楚。有时候玛娅仍会生出一种孤单的感觉——仿佛她不属于这里。她局促不安地站着,希望这一刻快点过去。

他们看错外婆了,错了,**大错特错**。不是吗?

"外婆只是犯了一小会儿糊涂。"玛娅轻轻地说,"她好久没冲浪,一下子忘了。"

"忘了?" 爸爸脱口而出,"玛娅,你别**忘**了,安妮外婆差不多是在那片海滩出生的,全家人的下水安全须知都是她教的,她在海岸警卫队当了四十年的志愿救援官。"

玛娅好想哭,她真希望能忘掉已经发生的整件事情。

妈妈重新坐下来:"也许咱们应该接安妮外婆来和我们一起住。"

艾丽斯放下了指甲油,盯着妈妈:"你在开玩笑吧?她睡哪儿？她不能住我的房间。"

"可你就要去上大学了啊。"麦克斯说。

"我知道，但那仍然是**我的**房间。"

"外婆不会想搬来住的。"玛娅说，"她爱自己的小屋，她喜欢住在那里，她一辈子都生活在那儿。"接下来是一阵长长的沉默。

"不管怎样，"爸爸说，"抱歉，我得走了，今晚我值夜班。"

妈妈叹了口气。"我想我还是去小屋一趟，看看外婆好不好。"她看着爸爸说，"你能顺路送我去吗？"

玛娅和麦克斯互相看了一眼。要是妈妈和爸爸现在去小屋，他们看到的就不只是外婆了，还会发现北极熊先生。那样情况更糟。

"你不用去，妈妈，"玛娅说，"外婆很好。是不是，麦克斯？"

麦克斯没有回答。

"对不起，玛娅，"妈妈说，"我不想离开你，但麦克斯和艾丽斯都在家，他们会照顾你的。外婆是我妈妈，我要对她负责。要是不去看看她，我就没法睡觉。我很快就会回来的。"

艾丽斯涂完了指甲，双手举到脸前。"完美，"她说，"恐怕等会儿我要出去，我和山姆有约。我最好去准备一下。"山姆是艾丽斯的新男友，上周艾丽斯除了山姆，几乎没谈别的。

"又要跟山姆出去？"妈妈问，"不要太晚回来，我可不想再多一份担心。"

妈妈穿上外套，跟着爸爸出了门。玛娅在厨房里踱来踱去："别在这儿干坐着，麦克斯，做点儿什么。"

麦克斯摊开双手。

"你真没用。"玛娅说。

她抓起电话，拨了外婆家的号码。

丁零零！

　　　丁零零……

电话响了好久外婆都没接……

丁零零！丁零零……

　　　丁零零，丁零……

响到第六声时，外婆终于接起了电话。**"外婆！外婆！**我是玛娅。妈妈和爸爸正在去你家的路上。你得处理一下北极熊先生。"

外婆听上去好像刚刚睡醒："喂？是谁啊？谁？有什么

事吗?"

玛娅扯开喉咙喊起来:

"外婆!听我说,你得带北极熊先生离开小屋,快,快,在爸妈赶到之前。"

电话挂断了。

玛娅一点办法都没有了。

第14章
不可貌相

玛娅想象着妈妈在外婆的厨房里跟一头北极熊面对面的情景,想象着北极熊先生会怎么做。

"你觉得会发生什么事?"玛娅问。

麦克斯耸了耸肩:"也许这样更好,他们早晚得见见这头熊。如果他们知道北极熊不是外婆想象的,没准儿是件好事,至少对外婆来说。"

"可对北极熊先生不是。要是他最后进了动物园就太可怕了。我们不能让这种事发生。"

艾丽斯打扮得漂漂亮亮的,准备出去赴约:"你不会还在说那头熊吧?可怜的外婆,再也摸不清楚状况的感觉一定非常可怕。"

"她摸得清楚状况。"玛娅说,"倒是你不知道到底是什么状况。"

"去什么好地方玩?"麦克斯插进来说道。

"只是去见山姆的朋友们。"艾丽斯说着,把头发拢到耳后,"他会来接我的。"

"你打算介绍给我们认识吗?"麦克斯问。

"开什么玩笑呢!一提到北极熊,他准会认为咱们全家都疯了,就再也不想见我了。你们两个别掺和我的事,**好吗?**"

麦克斯在艾丽斯身后做了个大鬼脸,玛娅差点忍不住笑出声来。

麦克斯的手机收到一条短信。

"哦,"他说,"是妈妈,这下麻烦了,北极熊警报。"

"闭嘴。"艾丽斯说。

"其实,"麦克斯说,"是妈妈说她不想离开外婆,所以决定在那里住一晚。"

妈妈没提到北极熊先生,玛娅松了口气,但紧接着她才

真正注意到妈妈的话。

"妈妈整个晚上都待在那里吗？爸爸也不在家。"

"看来家里只剩下你和我两个人了。"麦克斯咧嘴笑着说，**"派对时间。"**

玛娅努力挤出一丝微笑，她不喜欢妈妈和爸爸都不在家。

麦克斯的手机又嗡嗡响起来。

"这次又是什么？"他说，"我的天，是我最不想做的事，有一间度假小屋的洗碗机漏水，地板被淹了。妈妈让我去修理一下，简直了！"

他转向艾丽斯："你几点出去？"

"大概二十分钟后。"

"好吧，等我回来再走，我们可不能把玛娅一个人扔在家里。"

玛娅和艾丽斯在一起并不开心，艾丽斯一直坐在那儿划手机看短信，一点意思都没有。

叮咚叮咚！

听到门铃响，玛娅跳了起来。

"肯定是山姆，"艾丽斯向门口冲去，"他可真早。明天见，等你睡了我才会回来哦。"她抓起手机和手袋，在反光的烤箱前照了照，检查自己的仪容。

"可是我怎么办？"玛娅嘟囔着说，"你不能丢下我一个人。"

"麦克斯很快就会回来的，而且你现在已经长大了，你不需要我。"

玛娅感到一阵恐慌漫过了全身。

叮咚！
叮咚叮咚！
叮咚叮咚叮咚！

艾丽斯朝玛娅眨了眨眼："他好热切哦！最好不要让他等太久。"她冲到了门口。

"呃啊——！"

艾丽斯尖叫起来，声音大得足以吵醒整个村子，即使以艾丽斯的标准来看，也是够大的了。玛娅吓得跳起来。艾丽斯算得上是真正的戏剧女王，什么事都能让她尖叫，不过这一次听起来真的很严重。玛娅好希望家里有人在。

"呃啊啊啊——！"

艾丽斯的叫声高低起伏，一遍又一遍，没完没了。

玛娅极力克服自己的恐惧，从门口向外偷看。高高站在门外的，是北极熊先生，他用爪子紧紧捂着耳朵，一脸惊恐。艾丽斯没命地叫着，身体却僵硬得动弹不得。

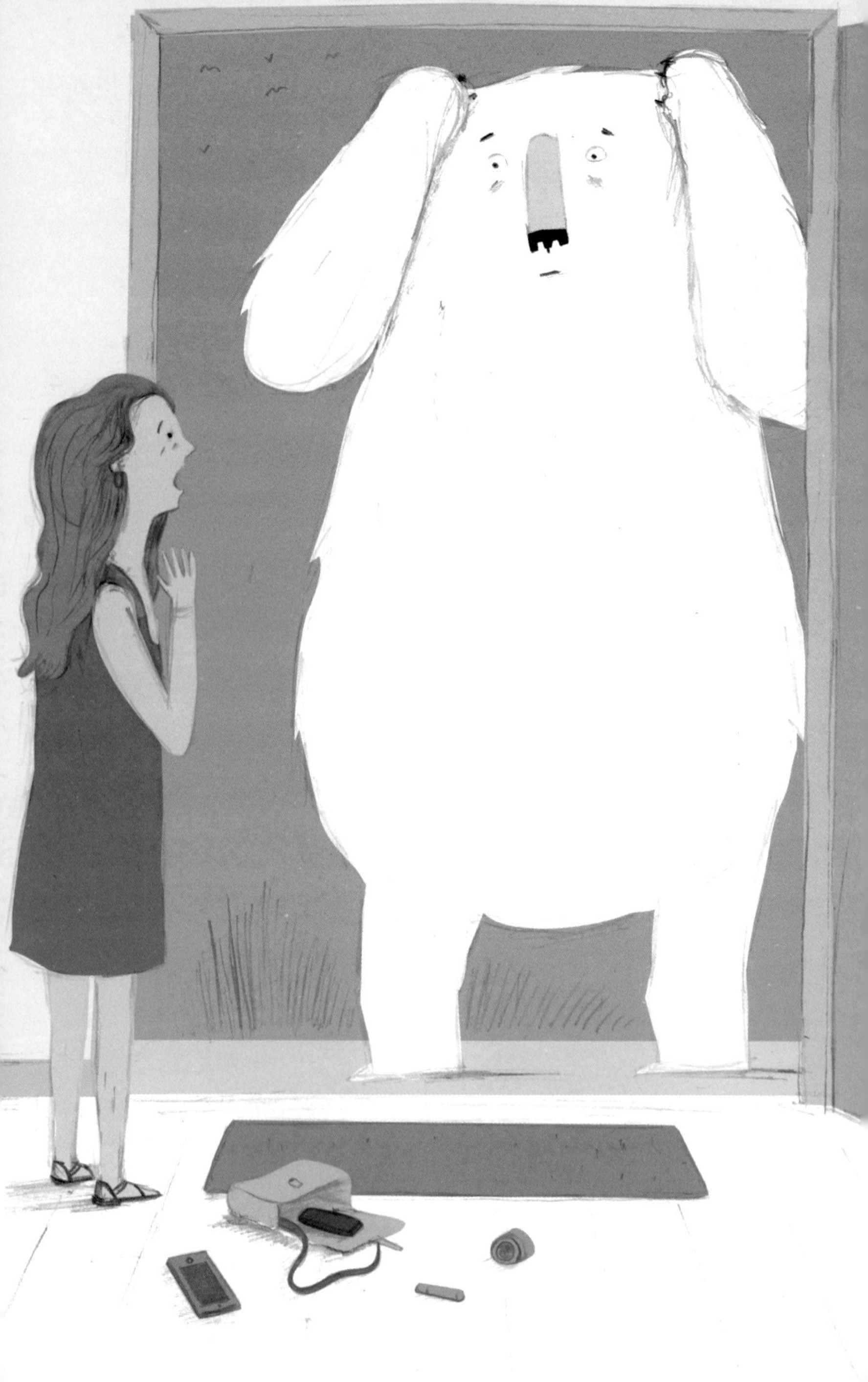

"北极熊先生！"玛娅大叫着冲出门，脸上绽放出灿烂的笑容。

北极熊先生朝前迈了一步，艾丽斯又尖叫起来。

"别担心艾丽斯，"玛娅说，"她很快就没事了。"

北极熊先生把两只耳朵捂得更紧了，可艾丽斯还是不肯停下来。

"呃啊啊啊——"

熊的忍耐也有限度，北极熊先生终于受不了了。他把脸伸过来，鼻子差一点就碰到艾丽斯的鼻子了，然后他张大嘴巴，露出全部的牙齿，发出了一声：

"嗷呜——"

艾丽斯立刻闭上了嘴，她在地板上蜷成一团哭起来。北极熊先生咧开嘴，看起来十分得意。

"你从来没说过他是真的。"艾丽斯抽噎着说。她从手袋里找到一张纸巾，擦了擦眼睛，尽量不弄花她的睫毛膏。

"你不会相信我们的。"玛娅说。

"我们？"艾丽斯说，"还有谁知道？"

"麦克斯。"

艾丽斯看起来很震惊："干吗保密？干吗不告诉我们？"

"因为外婆不让说。她说爸爸会把北极熊先生送进动物园的。"

"北极熊就是应该待在动物园。一头熊潜伏在身边,外婆会有多危险。"

北极熊先生卷起嘴唇发出咆哮声,艾丽斯又哭了起来。

"实际上,就是北极熊先生把外婆从急流里救了。"玛娅说,"要是没有他,外婆会有多危险。"

"我不想听。"艾丽斯抽泣着说,"山姆来之前,你得把那动物弄走,叫他走开。"

"别傻了,"玛娅说着,给了北极熊先生一个拥抱,"他虽然声音和外表有点凶,但他的内心非常友善——如果你对他友善的话。外婆跟他在一起没有任何问题。"

艾丽斯挣扎着站起来:"那是因为外婆连日子都分不清了,更别说其他事了。北极熊可不友善,他们不是宠物。你就等着瞧吧,我会告诉爸妈的。"

北极熊先生垂下了他那大大的脑袋,鼻子几乎贴到了地板上。

艾丽斯用蓝色的长指甲指着他说道:"走开,北极熊先生,这里不欢迎你。你不属于这里,回你原来的地方去。"

玛娅简直不敢相信自己的耳朵,她没想到艾丽斯会这么糟糕。

北极熊先生慢慢地抬起眼睛，眨了眨，伤心地转过身，慢吞吞地走进了黑暗中。

"**北极熊先生，**"玛娅大声喊道，"**回来！**"她想跑出去追他，却被艾丽斯一把抓住。

"要是那头熊再出现在咱们家附近，我就给动物园打电话。"艾丽斯说。

"你都不给他一次机会。"

艾丽斯转过身，从手袋里掏出镜子，看了看自己的脸，更加火冒三丈："我得上楼重新化妆，简直荒唐至极。"

玛娅完全同意，艾丽斯简直荒唐至极。她竭尽全力让自己的外表看起来光鲜靓丽，可内心却如此刻薄。

几分钟后，山姆来了，轻轻地敲了敲门。玛娅打开了门。

"嗨，"山姆打招呼说，"你肯定是玛娅，我听过你好多事。"

玛娅好奇艾丽斯都跟他说了些什么，大概没什么好事。艾丽斯跑下楼，张开双臂抱住了山姆的脖子。"待会儿见，玛娅。"她甜甜地说。

"可是你不能丢下我，家里没有别人了。"

"咱们可以留一会儿，"山姆说，"迟到也没关系。"

"玛娅没问题,"艾丽斯说,"麦克斯马上就会回来的,玛娅可以自力更生。"

她砰的一声关上了身后的门。

只剩下玛娅自己一个人。

第15章
自力更生

玛娅从没自己单独在家待过,从没经历过爸妈都不在家的夜晚。整座房子变得空荡荡、阴森森的。所有的声响都被放大,空气不知为何……变得凝重。一切都不对劲,要是再也没人回来怎么办?

她极力告诉自己,麦克斯马上就会回来的。玛娅决定数数,数到了一百……然后二百……接下来是三百。

她告诉自己,很多人都是独居的。她想到了安妮外婆,自从泰德外公去世后,她一直一个人住。可外婆是大人,没什么能吓住她。玛娅盼望麦克斯回来,盼望爸妈回来。她很生气,因为安妮外婆抢走了妈妈。玛娅需要妈妈,也需要安妮外婆**平安无事**。现在就连北极熊先生也走了。

恐慌的情绪像一条小虫在她胸口蠕动,她熟悉的一切好像统统变了样。麦克斯为什么去了那么久?安妮外婆为什么不能好起来?为什么所有人都离开了她?也许她不属于这里,也许她不再受欢迎。也许她应该像北极熊先生那样离开,那样艾丽斯会很高兴吧。

她跑上楼,回到自己的卧室里,这是她的安全地带。她试图写记忆笔记来分散注意力,可是没有用。

被抛弃

麦克斯在哪儿?**他在哪儿?** 她躺到床上,把羽绒被拉过头顶。

漆黑一片。

她听到一阵声响:咯吱——

嘭——嘭!

扑通!

扑通!扑通!

她吓得缩成一团,希望一切都消失。

突然嗖的一下，有谁掀掉了羽绒被，灯光亮得刺眼。玛娅蜷缩得更紧了，不敢睁开眼睛。

这时，她感觉到有什么软软的东西在碰她的后背。

耳边传来熟悉的鼻息。

她微微睁开眼睛，发现北极熊先生就站在她身旁，用牙齿叼着羽绒被。

"北极熊先生，"她小声说道，"你回来了！"

站在她的房间里，熊显得更大了。要是艾丽斯说得对呢？要是他果真很危险呢？

北极熊先生扯着玛娅的毛衣，仿佛想把她拽下床，可是玛娅不想动。他扯得更加起劲，还转身朝房间另一头走去。玛娅的毛衣被拉得越来越长，最后他松开了毛衣，向后倒在她的书桌旁，把记忆盒子撞到了地板上。盒盖开了，玛娅珍藏的宝贝全都散落到地毯上。

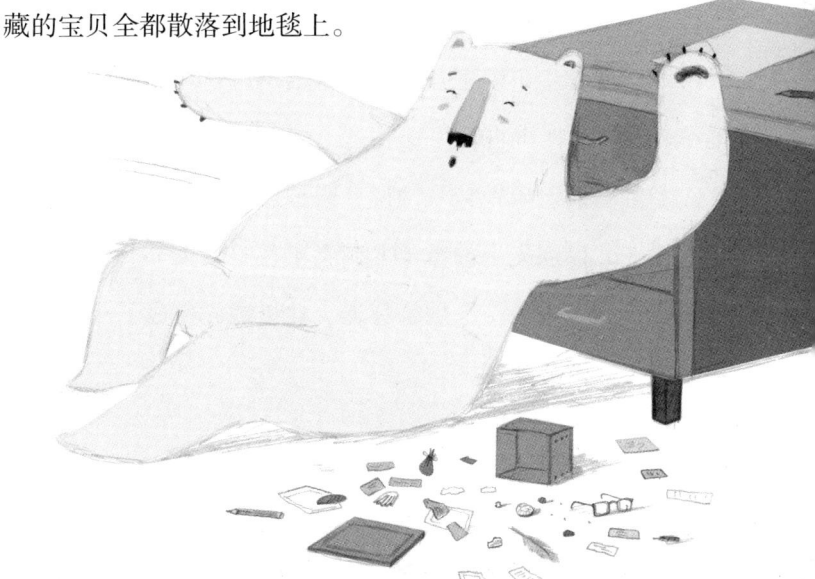

玛娅倒吸了口气,从床上跳下来。

北极熊先生用爪子翻弄着这些东西。

"你在干吗,北极熊先生?别动,这是我的东西。"对玛娅来说,这个记忆盒子十分特别,又非常重要。她不想让别人碰。

北极熊先生并不理会玛娅,他用鼻子拱着那些东西,轻轻地把一根羽毛推向玛娅。他抬头看着她,等待着。

玛娅捡起那根羽毛,拈在手里。

"我的海鸥羽毛。"她说,"这是外婆和我在悬崖上找到的,那里每年都有海鸥来筑巢。等哪天我带你去看。"

北极熊先生点了点头,好像听懂了每一个字,然后把一个小贝壳推给她。"这是蚌壳。"她说,"在灯塔下面的岩石上能找到很多蚌。"她指了指窗外,北极熊先生也转过头去,"有些人喜欢吃这个,可我不喜欢它的味道。"

北极熊先生不断把各种东西推给玛娅,玛娅就一样一样地拿起来,给他讲它们的故事。

"外婆的旧眼镜!"她说。眼镜已经破裂变形了,玛娅将它架在北极熊先生的鼻子上,忍不住哈哈大笑。"以前海豚想吃掉这副眼镜。"她解释道。北极熊先生成了斗鸡眼,玛娅笑得更厉害了。

脚趾抓着地板。这是她的家，这些是她的记忆，这一点不会改变。她知道自己没什么好害怕的。可是安妮外婆呢？要是她所有的记忆都消失了怎么办？要是她不能待在自己家怎么办？也许这比什么都可怕吧。

她听到开门声和麦克斯的声音，还有上楼的脚步声。

"**北极熊先生！**"他说，"我还在找你呢。"

"你出去太长时间了。"玛娅说。

"洗碗机不好修，另外，我觉得应该去找北极熊先生。艾丽斯在哪儿？"

"她走了，没等你回来。"

麦克斯一动不动地站着，看起来既生气又难过。"对不起，"他说，"你没事吧？"

玛娅把鹅卵石攥在手里："我可以问你一件事吗？"

"问吧。"麦克斯说。

"老人会害怕吗？比如外婆？"

麦克斯点了点头："是的，他们会害怕，人人都有害怕的时候。"

"所以今天晚上妈妈才会留下来陪外婆。这样她就不是一个人了，就不害怕了。"

"也许吧。"麦克斯说。

玛娅点了点头,把鹅卵石放回盒子里,盖好了盖子。

"也许她需要北极熊先生的一个拥抱。"玛娅说,"很管用的。"

麦克斯笑了:"没准儿她真的需要。"

第16章
火上浇油

早上快到九点时,电话铃响了。只有玛娅和北极熊先生醒着,玛娅立刻跑去接电话,免得吵醒麦克斯和艾丽斯。是爸爸的声音,非常急切:"外婆不见了,你能叫醒其他人吗?我们需要帮助。"

"不见了?我还以为妈妈在小屋陪她呢!"

"我们俩都在这儿呢,一下班我就过来了,可外婆不见了。"爸爸紧张地大声说道,"她肯定是今天早上溜出去的,好像都没换衣服,还穿着睡衣四处逛呢。"玛娅能听见妈妈正在电话那端下指示。

"花园里找过了吗?"玛娅问,"给她打电话了吗?也许她去海滩或什么地方了。"

"花园和海滩当然都找过了，而且她把手机放在了餐桌上，还有一张纸条，说是去找走丢的北极熊。"爸爸发出了一声沮丧的叹息，"我已经通知了海岸警卫队。"

"可北极熊并没有走丢，"玛娅说，"他在咱家呢。"

"别说了！" 爸爸十分恼火，"太荒唐了，我们需要把北极熊从外婆的脑子里抹去，我们需要你们帮忙，不是火上浇油，让事情变得更糟。我知道北极熊没丢，因为根本就没有北极熊，可外婆丢了。"

玛娅意识到一切都失控了，爸妈需要知道北极熊先生的事。她应该早点告诉他们的，现在事情已经不可控了。

玛娅放下电话。她很生气："你出现之前，一切都好好的，都怪你，北极熊先生。"

北极熊先生皱起了眉。

"坐在这儿愁眉苦脸没用，咱们得做点什么。"

玛娅走出厨房，砰的一声关上门，又噔噔噔上了楼。她试图叫醒艾丽斯："外婆丢了，显然她是去找北极熊先生了。爸妈快崩溃了，需要咱们的帮助。"

艾丽斯用羽绒被蒙住脑袋说，在她看来，每个人都会走丢，包括玛娅。

玛娅砰的一声关上了艾丽斯的房门，有时候她想，如果能回到原来的四口之家——没有玛娅——艾丽斯也许会更开心。她极力打消这个念头。

"麦克斯,"她跑进麦克斯的房间,拉开了窗帘,"你得起来,外婆失踪了。"

"什么?怎么回事?"

"她留了张纸条,说要去找北极熊先生。怎么做才能不给外婆惹麻烦呢?她现在满世界找一头爸妈根本不相信的北极熊。这百分之百是北极熊先生的错,如果他没来到这儿,这一切都不会发生。"

麦克斯看起来很困惑:"我觉得你不能把这一切都怪罪到北极熊先生头上。"

"为什么不能?要没有他,外婆会安全地待在床上。"

"要没有他,外婆已经去世了。"麦克斯说,"给他一些信任。来吧,穿上衣服,咱们骑摩托车出去找找。"

玛娅穿上衣服,噔噔噔走下楼,跟熊面对面站着。

"嗷呜——"玛娅冲着熊咆哮。

北极熊先生瞪着她,前后摆动着耳朵。

"**嗷呜——**你明白我的意思吗,北极熊先生?**嗷呜——**"

麦克斯穿着旧骑手夹克走下楼来:"等你咆哮完,可以去楼梯下面找找泰德外公的旧头盔,但愿北极熊先生可以戴进去。"

"别带北极熊先生去了,你的摩托车绝对坐不下。"

"咱们得带上他,是时候让爸妈知道了,他可以坐在挎斗里。"麦克斯说着,打量了一下熊,"大小正合适。"

麦克斯走出门,把衣袋里的摩托车钥匙摆弄得叮当响。玛娅戴上自己的头盔,又帮北极熊先生戴上头盔。这可不容易,北极熊先生似乎不想配合,玛娅扣帽带时,北极熊先生的脑袋摇来摇去。"能不能别动,"玛娅抱怨道,"头盔很重要,可以保护你的安全。"

轰——

麦克斯发动了摩托车，北极熊先生吓得贴在了墙上。

"不用吓成那样，"玛娅说，"不管你愿不愿意，都得跟我们走。"

北极熊先生可不愿意，一点也不愿意。玛娅不得不连说带哄地让他走出前门，朝摩托车走去。可是，不管麦克斯怎么想，玛娅一看便知，把北极熊先生塞进摩托车挎斗可是个大挑战。麦克斯的摩托车和挎斗可不是那种又新又时髦的，这是泰德外公的摩托车，更早以前，没准是泰德外公父亲的。麦克斯很喜欢，可是这个挎斗绝对塞不下北极熊。

北极熊先生疑虑重重地看了一下挎斗，然后抬起一条腿放进去。

"来吧，"麦克斯说，"你得配合得好一点。"

北极熊先生把第二条腿放了进去，然后是第三条，极力保持着平衡。最后，他终于抬起最后一条腿放了进去，巨大的屁股挤到座位上，他的皮毛宛如一道喷泉，从挎斗四边涌出来。

"看吧，"麦克斯说，"我跟你说过大小正合适。"

北极熊先生扭来扭去，想让自己更舒服一些。玛娅跳上摩托车后座，抱着麦克斯的腰。

"准备好了?"麦克斯问。

看到一头北极熊坐在摩托车挎斗里,所有人都吃惊地驻足张望。每到一个地方,玛娅就向人打听今早是否见过外婆穿着睡衣出去。可是大家都说没看到,港口附近没人见过她,村子里也没人见过她。

"来吧,北极熊先生,发挥点作用。"玛娅说。

北极熊先生迎着微风,抬起鼻子,闭上眼睛。然后,他拍了拍麦克斯的肩膀,爪子指着山上。

"嗯,"麦克斯说,"也许北极熊先生知

道一些我们不知道的事。"

"也许他在用自己的嗅觉。"玛娅说,"据说北极熊能嗅到几公里以外的东西。"

不管怎样,北极熊先生似乎很肯定他们应该往哪个方向走。麦克斯加快了速度,排气管砰砰作响,冒出一股股浓烟,摩托车载着沉重的负荷,艰难地爬上了陡峭的山坡。到了山顶,北极熊先生伸出爪子,麦克斯尽力往正确的方向走。他们一路咔嗒咔嗒往前走,北极熊先生高高地抬着鼻子。当摩托车在狭窄的小路上陡然转弯时,北极熊先生就会紧紧抓住小挎斗的两边。

他们快开上大路时,北极熊先生高高地举起爪子,麦克斯放慢了车速。

玛娅认出了这个地方,外婆带她来这片树林散过步,她们还在这里吃了午饭,就在……

麦克斯把摩托车开到路边的停车处,熄了火。安妮外婆就坐在树林边的一张野餐桌旁。

"哦,你们来了,"外婆说,好像正在等他们,"我还纳闷儿你们什么时候来呢。"

麦克斯和玛娅面面相觑。外婆的面前放着一只篮子，篮子里有一小堆野草莓。

"安妮外婆！"玛娅说，"我们找你大半天了，你跑哪儿去了？爸爸说你正在找北极熊先生。"

"可他在这儿啊！"外婆指着熊说，"我干吗要找他？"

玛娅觉得头疼。

"你在这儿做什么？"麦克斯问。

外婆看了看四周，似乎不太确定："我好像在摘草莓。"

麦克斯瞪大了眼睛："穿着睡衣摘草莓？"

外婆低头看了看自己的衣服，先是大笑，然后皱起了眉头。"天哪，"她说，"我肯定是忘了……"

"没关系，"麦克斯说，"妈妈和爸爸都很担心你，我们得把你送回家。"

"我不想回家，"外婆说，"要是那两个爱管闲事的家伙还在的话。"

玛娅看见麦克斯深吸了一口气。

北极熊先生从挎斗里探出身子，抱起了外婆，仿佛她只有羽毛那么轻。他把外婆塞在自己前面，然后摘下头盔，戴在安妮外婆的头上。他用爪子紧紧抱着外婆，以确保她很安全。

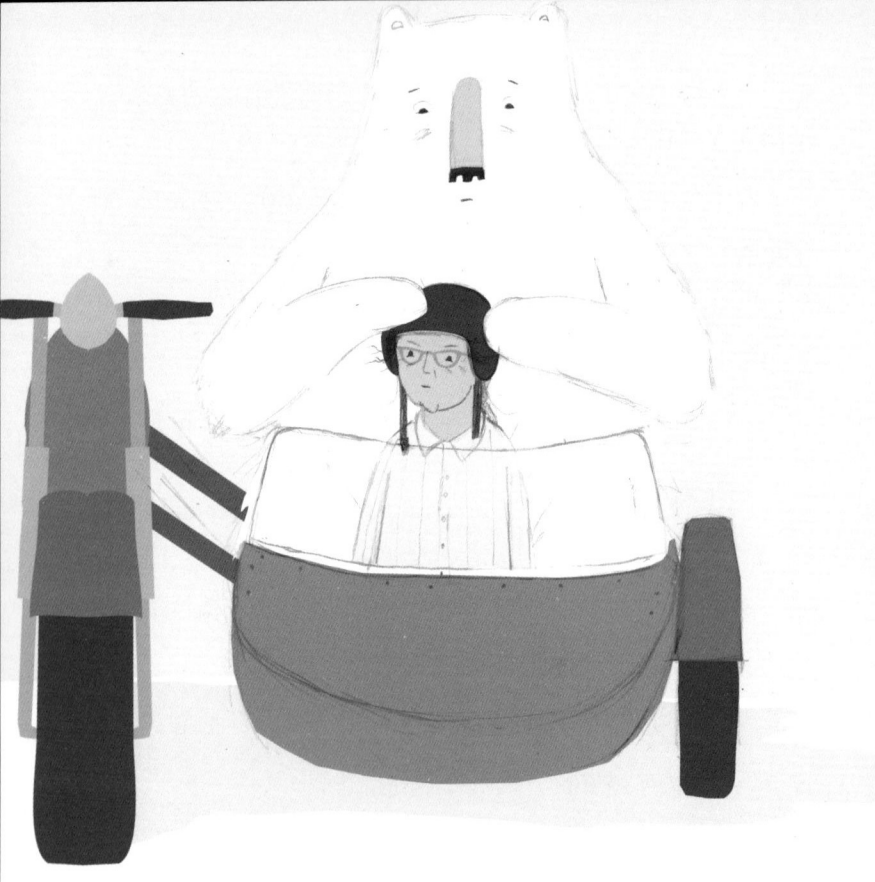

"北极熊的拥抱?"麦克斯说。

玛娅笑了。

他们尽可能快地开回了家,外婆一路都在抱怨。他们刚在外婆家门外停好车,就看见妈妈和爸爸沿着马路急匆匆地跑过来。

"他们还在这儿,是吧?"外婆说,"我还以为他们已经走了呢。"

当爸妈看清眼前的景象时，一下子张大了嘴巴，爸爸伸出胳膊，挡住了妈妈。他看着熊，强作镇定地说道："放开安妮外婆。"

北极熊先生抱起外婆，小心翼翼地把她放到路上。

"没事了，安妮，"爸爸说，"别做什么突然的动作，慢慢走到我这边来。"

"你到底是怎么了？"外婆有些恼火地问。

爸爸指着北极熊先生，他似乎以为外婆根本没注意到身边正站着一头北极熊："我们立马给动物园打电话，不必惊慌。"

"我没惊慌，"外婆说，"是你在惊慌。"

"别给动物园打电话，"玛娅说，"求你了，给我们一个解释的机会。"

玛娅将手放在北极熊先生的背上。"我想是时候把你介绍给爸妈认识了，"她说，"出来吧。"

北极熊先生用前爪撑着，努力想从挎斗里出来。他神情专注地皱着眉、咬着牙，但身体纹丝未动。他被牢牢地困在了挎斗里。

麦克斯冲着爸爸妈妈喊道："你们得过来帮帮忙。"

妈妈和爸爸没有动。

"来吧，"外婆说，"他不会伤害你们的。"

北极熊先生呼哧呼哧地用力挣扎着,想把自己弄出来,可依然一动也不能动。

外婆哈哈大笑起来。妈妈和爸爸百般不情愿又胆战心惊地朝摩托车走去。

"你们各抓住一只爪子往外拉,"麦克斯说,"玛娅和我从后面推。外婆,你稳住摩托车。"

慢慢地,慢慢地,北极熊先生巨大的身体开始移动。突然,**嘭!**他像个软木塞一样飞出了挎斗,扑通一声跌到路上,爸爸和妈妈一齐向后倒去。

"**噢!**"玛娅说着,用手捂住了嘴,好让自己不笑出声来。

熊站起身,上下打量着妈妈和爸爸。他先向妈妈伸出一

只爪子，又向爸爸伸出一只爪子，把他们拉了起来。爸爸揉着后背，妈妈揉了揉眼睛。

"妈妈，爸爸，"玛娅说，"这是北极熊先生。"

他们站在那儿，盯着熊。

"这比我想的还严重。"爸爸说。

"谁想吃草莓？"外婆问。

第17章
走在边缘

妈妈和爸爸坐在外婆家的沙发边上,跟熊隔了一张桌子。尽管他们似乎根本无法接受这位北极熊先生,但至少爸爸同意暂时不给动物园打电话。

"我需要跟外婆好好谈谈,"妈妈说,"可有头北极熊在这里晃来晃去,我恐怕应付不来,所以拜托你们两个把他带走……对,**带出去**。"

玛娅从没听过妈妈用如此悲伤的语气说话,她想妈妈肯定还没从北极熊引起的惊愕中恢复过来。没什么好争辩的,麦克斯和玛娅站起来,北极熊先生跟在后面。

"咱们去哪儿?"麦克斯问。

"悬崖,"玛娅说,"我想带北极熊先生看看外婆和我收集海鸥羽毛的地方,就是我的记忆盒子里收藏的羽毛。"

"那你带路吧。"

玛娅还不习惯带路,她熟悉这片海岸线的高低起伏,却从来没单独走过。总是外婆带路,指给她看昆虫和花朵,给她讲泰德外公的钓鱼冒险,或者救生艇上勇敢的营救任务。

"这里很酷,"麦克斯说,"我们可以把地球的尽头尽收眼底。"

玛娅笑了,安妮外婆有一次告诉她,很久以前,人们以为世界是平的,人可能会从边缘掉下去。她能理解这种想法,当你望向地平线时,它看起来确实就像一条长长的直线。

一只低飞的海鸥从头顶俯冲下来,北极熊先生急忙躲开。海鸥落到熊旁边,张开喙,发出了一声响亮的**尖叫**。

"去找个跟你块头一样的家伙欺负吧。"麦克斯轰赶着海鸥,海鸥振翅飞走了。北极熊先生目送着它飞走,消失在视野中。他向前走了几步,从悬崖边往下看。

"快过来,"玛娅说,"那儿不安全,只有鸟儿才能飞到那儿。"

北极熊先生抬起头,望见更多的海鸥正在高空中翱翔。玛娅看到他的目光正追随着那些盘旋的身影。

"我觉得会飞简直太酷了,是不是,北极熊先生?"玛

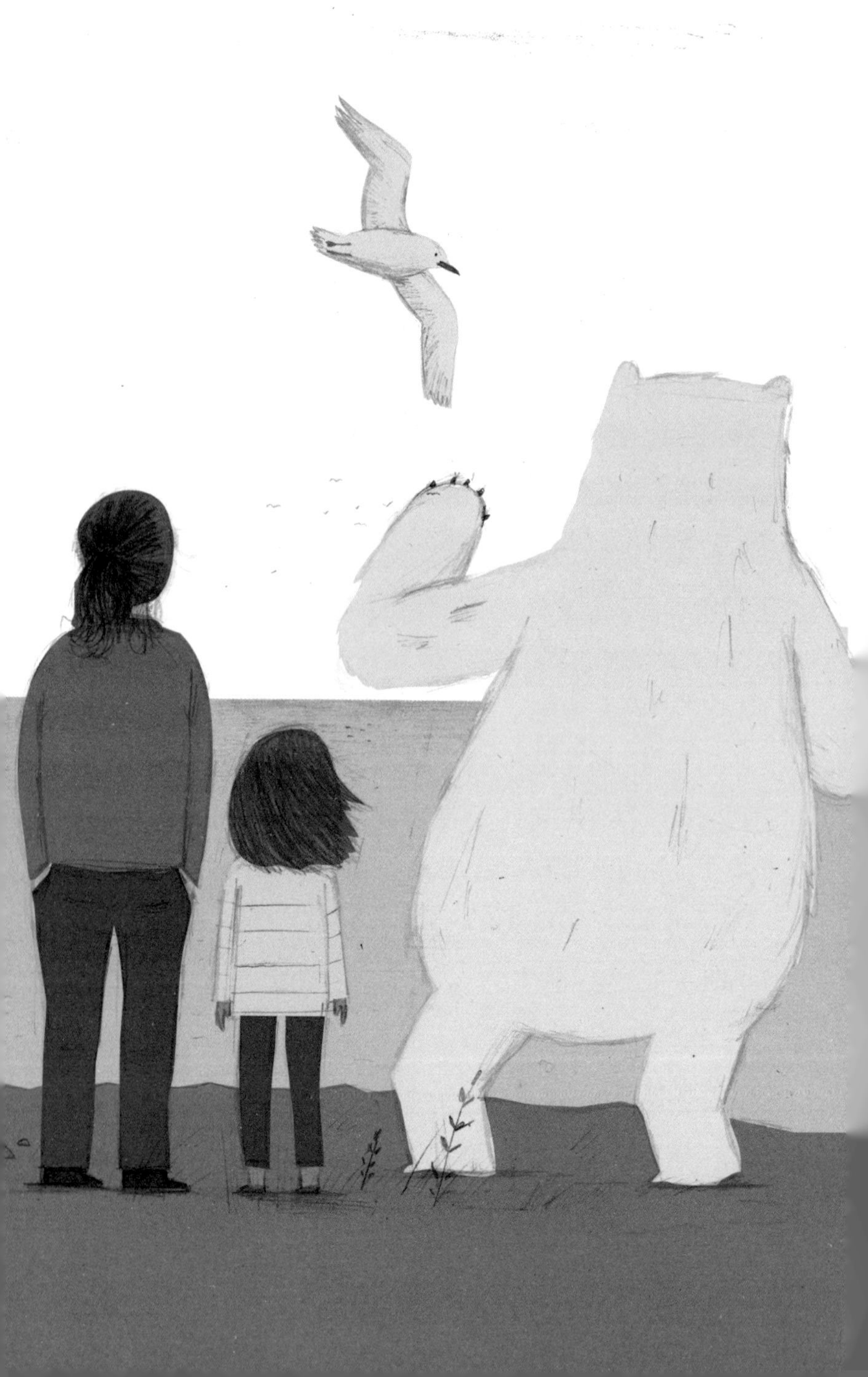

娅问。

"北极熊可不会飞。"麦克斯说,"北极熊先生这么大的块头,得有巨大的翅膀才能飞离地面。这都跟空气动力有关,而北极熊没有翅膀。"

北极熊先生似乎并不在意,他躺下来,仰卧在草地上,**"噗"**地嘟哝了一声。

玛娅挨着他坐下来:"我真不明白,爸妈干吗对北极熊先生那么恼火,他好像也没伤害安妮外婆啊,倒是帮了不少忙。现在他们已经见过他了,不用再担心外婆胡思乱想了,还以为他们会高兴起来。"

"没那么简单,"麦克斯说,"他们之所以恼火,也许是因为他们是最后知道北极熊先生的人。他们还没机会了解他,而且家门口出现一头北极熊,着实让人有点惊慌。又多了个担忧,又多了件棘手的事。最糟的是一切都难以把控,没人知道下一秒外婆会做出什么事。她的行为变得越来越难以捉摸,这一点北极熊可很难帮忙,尤其是今天早上之后。"

"可是他确实帮上忙了,大多数时候,"玛娅说,"他们不能就这样把他带走,对吧?"

"要是外婆不放手就不能!"麦克斯说。

"我也不放手。"玛娅说。

"还有我,不管怎样。"麦克斯说。

北极熊先生的小耳朵前后抖动了几下。

"你认为他们会怎样安排外婆?"玛娅问。

"我不知道,"麦克斯说,"我猜他们会送她去什么地方,比如海景家园。"

玛娅屏住了呼吸,她知道海景家园,每天坐公交车去学校都会路过那里。"他们不会那么做的吧?那是一家养老院,里面全都是……老人。"

"那是护理中心,玛娅,照看老人的地方,像安妮外婆这样的老人。"

玛娅双臂抱着膝盖,抱得很紧:"可是安妮外婆还没那么老,她真的不需要别人照看。"

麦克斯抬起眼睛看着天,摇了摇头。

麦克斯说的可能是对的,可玛娅不愿意相信。不过她一旦开始思考就停不下来,一件件心事滔滔不绝地从嘴里流露出来:"要是外婆去了海景家园,那谁来照顾我呢?谁去学校接我?谁辅导我做作业?谁带我去海滩?还有外婆的生日派对怎么办?"玛娅转过头,把脸埋进北极熊先生的毛里,"不可以送外婆去海景家园,绝对不行,就这么定了。"

"你得理解,玛娅,"麦克斯说,"妈妈不能一直这样提心吊胆,那对她不公平。"

"要是安妮外婆去了海景家园,那对我也不公平。"

麦克斯沉默了很久:"但现在不是在说你的事,是不?"

玛娅的脸埋得更深了。

"没人关心我。"她喃喃说道,"外婆是唯一关心我的人。要是我从来没出现过会更好吧。要是外婆不能照顾我,妈妈的担心会更多吧,那样妈妈会希望没有我吧。要是他们把外婆送到海景家园,也许会把我也送走吧。"

麦克斯看上去真的吓坏了，连北极熊先生也坐了起来，把一只爪子搭在玛娅的肩膀上。

"你不能这么想，玛娅。没人想把你送走，你是这个家的一员，我们都关心你。可是咱们得认识到，外婆会越来越糟的。妈妈觉得有责任在身，既然担负着责任，有时候就得做出艰难的决定。妈妈需要做出对每个人都好的决定。"

"不包括我。"玛娅说。

麦克斯在她身边蹲下："那天你问我老人会不会害怕，我觉得当事情变得如此混乱时，安妮外婆是会害怕的。她最近好几次都把自己吓住了，她是位坚强的女性，我知道你有多爱她，可是也许你会发现，外婆更想待在一个有人照顾的地方。"

"不会的，"玛娅说，"不可能。要说外婆离开家会高兴，还不如说北极熊会飞呢。"她躲开了麦克斯，紧紧依偎着北极熊先生。

麦克斯沉默了。

"如果外婆去海景家园，我就跟北极熊先生一起飞走。"

"那就祝你好运吧，"麦克斯说，"逃避从来不能让人走太远。你最好留下来，看看自己能帮上什么忙。"

玛娅站了起来。"走吧，北极熊先生，"她说，"我们走吧。"

她没把北极熊先生留在船棚,而是带他回到了灯塔小屋。她不在乎别人说什么,她要跟北极熊先生在一起。

跟北极熊先生一起飞走

第18章
成事不足

接下来的几天一片阴霾。和外婆进行了一次长谈后,妈妈和爸爸决定,最好让熊先留下来。

"外婆认为让北极熊先生留下来对你来说很重要。"妈妈说。

"对我来说很重要?"玛娅问,"她为什么那么想?"

"别问我,"妈妈疲惫地笑了笑,"最近外婆的想法简直是个谜。不过,只要你愿意照顾这头熊,那他就可以跟我们住在灯塔小屋里。"

"艾丽斯会不高兴的,你真该听听她昨天晚上说的话,她新买的黑色牛仔裤上全是北极熊的毛。"

"艾丽斯需要做出改变,学会为他人着想。不管怎样,她和山姆刚刚在鱼肉薯条店找到工作，山姆说，他们可以给北极熊先生留些剩下的食物。"

玛娅耸了耸肩："外婆和我可以给他弄吃的，目前我们还应付得来。"

"玛娅，"妈妈说，"爸爸和我今天要带外婆去看医生。"

"为什么？"玛娅问。

"医生需要做一些测试来帮我们搞清楚现在的状况。"

"那他们能让她好起来吗？"玛娅充满希望地问。

妈妈没有回答，玛娅的肚子里好像打了个结。玛娅只住过一次院，在她来爸爸妈妈这里之前。这事她已经记得不太清楚了，但那种不快乐的感觉依然清晰。

"也许我可以带北极熊先生一起去，他总能给大家带来快乐。"

妈妈摇了摇头："我不认为这是个好主意，他更容易引发别人的心脏病。"

"那我该做什么呢？"

妈妈笑了："麦克斯会带你和北极熊先生去玻璃厂转一转。"

"哦！"玛娅很早以前就渴望去玻璃厂看看。玻璃厂夏季会对游客开放几次，现在麦克斯已经结束了第一年的培训，可以为公众表演吹玻璃了。家里人还没有去参观过他的工作，玛娅和北极熊先生将成为首批参观者。尽管如此，玛娅还是忍不住去想，妈妈是在尽力把她支开。

＊＊＊

去玻璃厂意味着又要坐摩托车。麦克斯担心北极熊先生再被困在挎斗里，于是决定让玛娅和北极熊先生换个位置。北极熊先生一秒钟都没有犹豫，立刻跳上了摩托车后座，用毛茸茸的大爪子抱住了麦克斯的腰。麦克斯看上去就像被裹进了一件巨大的毛皮大衣里，几乎要看不到他了。当他们在大街上风驰电掣时，路过的货车在鸣笛，司机朝他们挥手，北极熊先生咧开了嘴。

他们到达玻璃厂时，停车场里非常热闹。"现在是旅游旺季。"麦克斯递给玛娅钱，"我得去准备表演，你到柜台买参观券，然后去展厅看看，我等会儿就能见到你了。"

"你不跟我一起去吗？"玛娅有些担心。

"不行啊，我有工作在身，现在你做主！"

"我做主？"玛娅低头看了看手里的钱，又看了看熊，感到有些紧张。她目送麦克斯大步走向工作间。

"看来只有你和我了，北极熊先生。"她说着，加入了其他游客的行列。

站在柜台后面的男士相当不乐意让一头北极熊进入展厅。"一般来说，女士，"他说，"我们是不允许任何动物进入的。"他说得一本正经，玛娅好想咯咯笑。

"不过你哥哥在这里工作，我们就破例一次。你必须得万分小心，因为我们这里的东西都是**易破易碎**的。"他把**易破易碎**说得缓慢而清晰，仿佛希望北极熊先生也能听懂似的，"出了任何事故，你都要全权负责。"

玛娅不确定自己是否想在这个易破易碎的地方为北极熊先生负责。她环顾四周,到处都贴着警示牌。

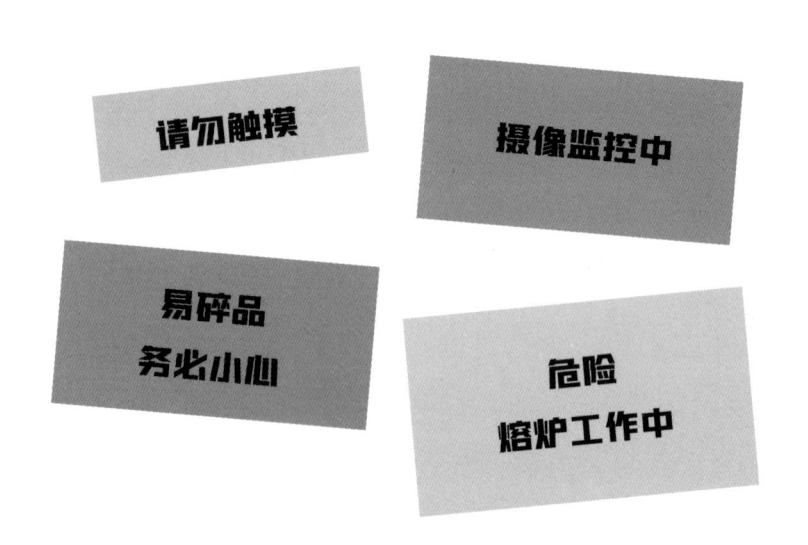

请勿触摸

摄像监控中

**易碎品
务必小心**

**危险
熔炉工作中**

"跟紧我,"玛娅说,"四爪落地。"

有一条长长的走廊通向主展厅,走廊两边陈设着亮闪闪的玻璃展柜,里面摆满了精美的展品。北极熊先生的身体太宽了,他的毛蹭到玻璃上,留下一道长长的、脏兮兮的痕迹。玛娅希望没人注意到。

北极熊先生每次停下来,凑近某样展品细细观看时,后面的人也不得不跟着停下脚步,于是人们走走停停,停停走走,很快就拥堵在了一起。对于每个物件,北极熊先生都要认认真真地查看一番，他的鼻子忽而抬高，忽而放低，眼睛忽而睁大，忽而微眯。

"别停下，往前走。"玛娅催促道。

北极熊先生向前走了几步，然后又停下来。玛娅注视着他的每个动作，尽量不让后面的人发牢骚。

似乎过了好久好久，狭窄的走廊终于通进一个宽敞的圆形大厅。四周围着一圈红色的粗围绳，围绳后面摆满了形状各异、大小不等、通体透亮的玻璃制品。有的小巧精致，有的高大优雅，斑斓的色彩从底座盘旋到顶部，闪闪发光，熠熠生辉。玛娅从没见过这样的玻璃制品。她简直无法想象，如此美丽的东西是怎么做出来的。她为麦克斯在这里工作而感到自豪，这让她觉得自己比其他游客更特别。

北极熊先生伸长了脖子，想凑近一点看看。玛娅把他拉了回来。

请站在绳外

大厅的正中央，是一个岩石状的高展台，上面陈列着最大的一件展品。那是一头线条流畅的黑色海豹，用后鳍状肢保持平衡，上身翘向天花板。

北极熊先生张大了嘴巴，往前凑近几步。

"不行，不可以，"玛娅摇晃着手指说，"离那个远点儿，北极熊先生。"

一位穿着漂亮制服的讲解员站在玻璃海豹旁边，夹克上别着一个大对讲机，正等着人群围拢过去。

"这是我们最珍贵的展品，"她说，"五年前出自我们的玻璃大师之手，是典型的瑞典风……"

玛娅没再往下听，北极熊先生正转悠来转悠去，从各个角度打量那头海豹。她能在北极熊先生的黑眼睛里看到这头玻璃海豹的倒影，能看到他正饶有兴味地研究着这件展品。他不断把围观者挤开，以便有更好的视角。玛娅躲到一个高大的男人身后，希望他们赶快去别处参观。

"这样的精品世界上独一无二。"讲解员继续说着。

游客们纷纷掏出手机和照相机拍照，北极熊先生总是挡住大家的视线，人们发出不满的嘘声。终于等所有人都看完离开后，北极熊先生径直走到这头玻璃动物前面。他弯下腰，鼻子几乎碰到了海豹那脆弱的胡须。玛娅不敢看了。

"这头动物归谁管？"讲解员问。每个人都朝玛娅看过去，玛娅好想钻进地缝。"我请你务必把这头北极熊带走。"

"我试试吧，"玛娅说，"要是一头北极熊不想走，你只能试试。"

讲解员把手放在了对讲机上。

"拜托，北极熊先生，够了。"玛娅说，"那不是真的，你知道的。"

北极熊先生伸出一只爪子，碰了碰那件玻璃展品。所有人都屏住了呼吸。他伸直后腿站起来，以便从上面看得更清楚。他巨大的身体高出了所有的人和物品，游客们纷纷向展厅远处的角落跑去。玛娅再也看不下去了,她知道自己得做点什么,却不知道该怎么做,她努力保持冷静。

没人敢动,没人敢说话,玛娅感到每个人的眼睛都在她和熊之间来回扫视。他会做什么?她要怎么做?

北极熊先生把两只爪子放在海豹两侧,将它从底座上拿了起来。

"哦,不!"玛娅说,"立刻放回去,你不能动,那不是你的,要是你把它打碎了,那就惹大麻烦了。"

北极熊先生皱着眉头,把玻璃海豹抱在胸前。

"放下,不然我就拉响警报。"讲解员大声喊道。

北极熊先生转过身看着讲解员,她的手指悬在了警报按钮上。

"**不要！**"玛娅说，"不要拉警报，他受不了噪声。"

北极熊先生凝视着海豹的玻璃眼睛。

"最后一次警告。"讲解员说。

玻璃海豹在北极熊先生的手里滑了一下，讲解员拉响了警报。一种类似艾丽斯尖叫声的噪声立刻充斥整个展厅。北极熊先生在空中跳起一米高，然后四处冲撞，疯狂地寻找着出口。玛娅明白，北极熊先生是想逃离噪声，可是警报已经触发了出口的自动锁，任何人都逃不出去。

北极熊先生在惊慌中喘着粗气，朝每个靠近的人**咆哮**。他把海豹高高地举过头顶，谁都够不到。北极熊先生的爪子抓着价值连城的玻璃展品，而玛娅是他的负责人。

"**别撒手，**"玛娅哀求着，"**不管怎样，千万不要让它掉下来。**"她不知道万一北极熊先生放手的话，她能不能抓住那只玻璃动物，而且让它保持完好无损。她感到无助和绝望，等待着那声

啪嚓！

不过没有声响。

最后，北极熊先生好像用尽了全部力气。玛娅设法把他堵进一个角落，哄他坐下来。他全身都在颤抖，警报还在尖

啸，人们仍在惊慌。

"谁能借我个东西堵住他的耳朵。"玛娅喊道。

有人从包里掏出一副耳机，玛娅把耳机戴在北极熊先生的小耳朵上。他的呼吸渐渐平稳下来。

警报终于停止了，玛娅小心翼翼地拿下耳机，这样她才能跟熊说话。

"求你了，北极熊先生，求你了，"她恳求道，"我知道你不能完全理解我的意思，但你得把海豹放回去。"她指了指海豹，又指了指海豹的底座。

北极熊先生垂下眼睛，看着那个玻璃动物，紧紧地抱着它。玛娅庆幸北极熊先生的毛非常柔软，他的拥抱也十分轻柔。她伸出双手等待着。北极熊先生极不情愿地将那件珍贵的展品递给了玛娅，玛娅又把它交给了讲解员。

展厅里突然变得鸦雀无声。

随后便爆发出一片掌声。

玛娅简直不敢相信，她挨着北极熊先生坐下来，突然感到精疲力竭。

但还有问题要回答。玛娅和北极熊先生发现一群穿制服的人围住了他们。可她能说什么，他是头北极熊，他不理解。北极熊喜欢海豹（她没有补充说北极熊喜欢吃海豹——这可能会让事情变得更糟）。

麦克斯被叫来了，看上去非常惊慌："我的天，玛娅，我还以为你能管住那头熊呢。"

玛娅觉得很糟糕，她已经尽力了。

北极熊先生似乎不明白大家为什么这么乱哄哄的，他一眼不眨地注视着讲解员，玛娅好奇他是不是想道歉。有时候玛娅好想弄明白一头北极熊的脑子里在想什么。

"你可把我们吓了一大跳。"讲解员温和地说。

北极熊先生把头歪向一边，讲解员笑了，转向玛娅说："这样吧，不如让我带北极熊先生到安全的地方，这样你就可以安心地看你哥哥吹玻璃了。里面到处都是熔炉，北极熊会觉得很热，我们可不希望他再烦躁起来。我们可以在外面好好照顾他。"

玛娅拿不定主意，不知道能不能将北极熊先生托付给别人。她看着麦克斯，麦克斯点了点头。他们看着北极熊先生跟在讲解员身后走出了展厅。不用再管他了，玛娅舒了一口气，但还是忍不住担心他。

一大群游客兴奋地聊着天，走进了吹玻璃表演厅。玛娅坐在最前排，面对着三个大熔炉。房间里充满了热气，玛娅脱下了运动衫，她很高兴北极熊先生不在这里，确实很热。她希望他能乖乖地听话。

麦克斯从第一个熔炉里取出熔化的玻璃，放在一根长金属管的末端，慢慢转动。他往管子里吹气，玻璃就像一只金色气球一样鼓了起来。

"哇哦!"大家叫道。

玛娅一动不动地看着。简直无法想象,一大块熔化的玻璃竟然变成了美丽的艺术品,就像在隔壁看到的那些展品。想到麦克斯也参与了这个过程,玛娅感到十分神奇。

玻璃在第二个熔炉里进进出出，房间里变得越来越热。麦克斯滚动着玻璃，用各种不同的工具塑形。这是个需要万分细致和小心的活儿，玛娅尽量把注意力集中在他的每个动作上，可是很难。表演活动还在继续，她喜欢看着麦克斯，可她越想专注于麦克斯的动作，脑袋里却总是装着北极熊先生。她要为这头熊负责，应该跟他在一起。

这就是一直以来妈妈对外婆的感觉吗？

玛娅咬着嘴唇，努力集中注意力。麦克斯的作品差不多完成了。他举起来给大家展示，还特意朝玛娅露出了一个微笑。那是一头小小的玻璃北极熊，浑身雪白，有一双亮晶晶的黑眼睛。

人们站起来鼓掌，玛娅也一起鼓掌。麦克斯在表演结束后回答了几个问题，然后来到玛娅身边。他的脸红红的，小小的汗珠从额头滚落下来。"喜欢吗？"他问，"现在还没完成，还需要几天时间。"

"简直太棒了，"玛娅说，"你真了不起。不过咱们可以去找北极熊先生了吗?"

"别担心,他不会有事的。"

玛娅两手捂着脸:"当时里面好可怕啊,那个海豹,还有警报,所有人都在大喊大叫。我真不知道该怎么办才好。"

"你做得非常对,保持了冷静,确保北极熊先生没事,没有造成任何伤害。"

"是的,可是万一……"

"别那么想,"麦克斯说,"来吧,要是你担心,咱们就去看看吧。"

麦克斯把她带到咖啡厅后面的一个大棚子里:"这里是我们的员工休息室。"他打开门,让玛娅进去。

玛娅走进门,定住了。

北极熊先生正躺在地板上,两只前爪各抓着一个巨大的巧克力冰激凌,脸上绽放出大大的笑容。玛娅简直不明白自己干吗浪费时间担心他,他显然过得非常开心。

"我们知道如何照顾北极熊。"麦克斯说着,给玛娅拿了个冰激凌,"我们在熔炉边工作完后就是这样凉快的,先火后冰!"

所有人都笑了。

那天余下的时间,玛娅和北极熊先生都是在玻璃工厂度过的。熟悉了新环境后，北极熊先生变得平静而快乐，那意味着玛娅也可以享受自己的快乐时光了。她几乎忘了外婆去医院的事，只是几乎……并没有完全忘掉。

"你觉得外婆到家了吗？"她问。

麦克斯换下工作服，挂起来。

"咱们回家时顺路去看看她，"他说，"你可以把今天的事都讲给外婆听——她肯定会乐坏的。"

第19章
棘手问题

他们一回来,玛娅就朝外婆的小屋跑去,北极熊先生紧跟在后面。

"谢天谢地,你们总算回来了。"妈妈说,"外婆一整天都在念叨那头熊。想想要在医院里跟医生解释这些事,他当然不相信,想要照片为证,就好像是爸爸和我编造出来的!"

玛娅和麦克斯对视了一眼,好不容易才忍住笑。

妈妈撩开遮在脸上的头发,叹了口气:"真是漫长的一天啊。"

麦克斯给了她一个拥抱,又看了看玛娅:"你干吗不带北极熊先生去看看外婆?我给妈妈泡杯茶。"

安妮外婆正坐在她的摇椅里。一看到玛娅和北极熊先生，她的脸立刻亮了起来。玛娅把在玻璃工厂发生的事都告诉了她，她听得咯咯直笑。

"真鲁莽啊，"她说，"他喜欢吃冰激凌真让我高兴，虽然我不确定那东西对他好不好。"

"给我讲讲你今天是怎么过的。"玛娅说。

外婆两手摩挲着椅子扶手。"我今天过得可不像你那么刺激，"她说，"医生说我的记忆力退化得比想象的要快，还说我的脑细胞出问题了，所以才变得糊涂和健忘，有时还会想象出一些蠢事。"

玛娅皱起了眉头："那他们有什么解决办法吗？比如开药之类的？"

外婆摇了摇头："没有，可悲的是他们也无能为力。我的大脑正变得越来越糟，问题越来越多了。"

玛娅想了一会儿，问道："那会疼吗？"

"一点也不疼，只是有点可怕，也很让人讨厌。"

玛娅悄悄靠过来，把头放在外婆的膝盖上。外婆抚摸着她的头发。

"那有什么事是我们能帮上忙的呢？"玛娅问。

"其实有件事我想让你们俩来帮我。我决定搬家。"

玛娅抬起了头。

"**搬家？** 你要来灯塔小屋跟我们一起住吗？"

外婆笑起来："让你们整天对我指手画脚瞎担心？不，谢谢了。那样谁都不开心。我决定搬到海景家园去，他们给我准备了适合的房间。在那里我还能望见灯塔呢。"

玛娅咽了口唾沫："他们已经为你准备好了房间？"

外婆点了点头："你妈带我去看过了。"

"**不行！**"玛娅说，"你不能去那儿。"

"玛娅，我没法一个人生活了。我喜欢待在这儿，我当然想待在这儿，可我已经不能了。"

"那你打算什么时候搬？"

"这个星期。房间可不是天天都有,我最好在没做蠢事之前赶紧搬。"

"就像带北极熊去钓鱼,在离岸流里冲浪,还有穿着睡衣失踪?"玛娅说。

外婆大笑起来:"哦,我的天,不!我希望自己永远不要再做这种蠢事了。"

玛娅一句话也没说,那些问题、担忧、恐惧、困惑,她渐渐理解了。但事情并没有变得容易。她重新把头放回外婆的膝头,她喜欢跟外婆一起坐在摇椅里,她爱看挂在墙上的渔网、照片、奖杯、旧地毯,还有破靠垫。这座房子是安妮外婆的生命,是外婆的记忆盒子。她不知道没有了它,外婆要怎样活下去,但她和北极熊先生会尽量帮助外婆的。

麦克斯端着茶盘走进来,杯子发出轻轻的碰撞声。

"你们仨都在这儿啊,"妈妈看着外婆、玛娅和北极熊先生,"我需要拍张照片传给医生当证据。"

妈妈举起相机,给他们三个拍照。北极熊先生咧开嘴,露出了最拿手的假笑。

"这足够让那位医生激动一天了。"她说。

"很高兴我还能让人激动一天。"外婆微笑着说——却是悲伤的微笑。

第20章
心安之处

玛娅、麦克斯和北极熊先生花了好几个小时，才把外婆的新房间装饰好。他们去外婆的家里挑了些重要的东西。北极熊先生从墙上取下渔网，又卷走了旧地毯。玛娅打包了外婆的照片，还有她最喜欢的马克杯。他们希望外婆的新房间有家的感觉。

问题是，外婆的新房间并不大。麦克斯敲打着钉子，把外婆的冲浪板钉到墙上，北极熊先生一直捂住耳朵。然后北极熊先生把渔网挂到冲浪板上，让它垂到地板上。这样房间里充满了大海的气息，就像外婆的小屋一样。麦克斯把外婆的摇椅搬进来，玛娅将它安放在合适的位置，这样外婆坐在摇椅里，正好可以望见灯塔。他们在床边的桌子上放了泰德外公、狗狗海豚和全家人的照片，当然还有一张北极熊先生的大照片。北极熊先生每次看见它，都会指着自己咧嘴一笑。他们把外婆的牙刷放进浴室，又在她最喜欢的马克杯里插了些花，还在窗台上摆了一排贝壳。

大家一直嘱咐玛娅不必担心，一切都会好起来，安妮外婆在她的新家会很快乐的。玛娅知道事情没那么简单，她知道外婆需要一段时间来适应新环境。因为曾经她也得靠自己适应新环境，因为昨天她跟北极熊先生刚刚经历过。她觉得她和北极熊先生也许比家里其他人更能理解这些困难。

很快，一切都安排妥当了，他们后退了几步欣赏自己的作品，真是一幅杰作。现在他们要做的就是等待外婆的到来。

安妮外婆走进房间时，脚步有些蹒跚，一位名叫莎拉的女士为她引路。莎拉告诉玛娅，她的工作就是确保所有住户都能开心，并得到很好的照顾。玛娅喜欢她，莎拉也参与了布置房间。

外婆走到床边站定，打量着四周。"哦，**好美**啊，"她说，"好漂亮的房间。"

她挨个儿拿起照片看了看，然后慢慢走向摇椅，坐下来，两手摩挲着摇椅扶手。她的目光越过海面，眺望着远处的灯塔。那里有几条船，或许是渔船，正突突地驶向港口或大海。外婆的眼眶湿润了，泪水流下了双颊。

玛娅依偎着北极熊先生，他们想方设法做到完美，让外婆开心。难道他们做错了什么？还是落下了什么？

外婆坐在摇椅里，前后摇晃着。过了一会儿，她停了下来。"嗯，这次拜访很愉快，"她大声说道，"可是恐怕我得回家了，泰德快回来了，我们得带海豚去散步。"

玛娅很揪心，紧紧抓着北极熊先生的毛。

麦克斯把手放在外婆的肩膀上："外婆，你知道泰德外公他……"

"他还得等一会儿才能回来。"莎拉微笑着打断了麦克斯，"玛娅会带海豚去散步的，对吧，玛娅？现在我们应该去喝点儿茶。有好多人等着见你呢。以前可从来没有北极熊来拜访过。"

一提到喝茶，外婆似乎高兴起来。他们沿着走廊向前走去，玛娅落在了后面。她觉得自己从没这么悲伤过，陌生的声音，陌生的气味，陌生的人，这让她想起了刚来到新家的情景。她知道外婆的感受，真的好难。

莎拉鼓励着外婆向前走，给她讲墙上贴的图画，还有各种活动——郊游、下午游戏、健身和电影之夜。

"我觉得不错，"麦克斯小声说，"我都想来这儿了。"

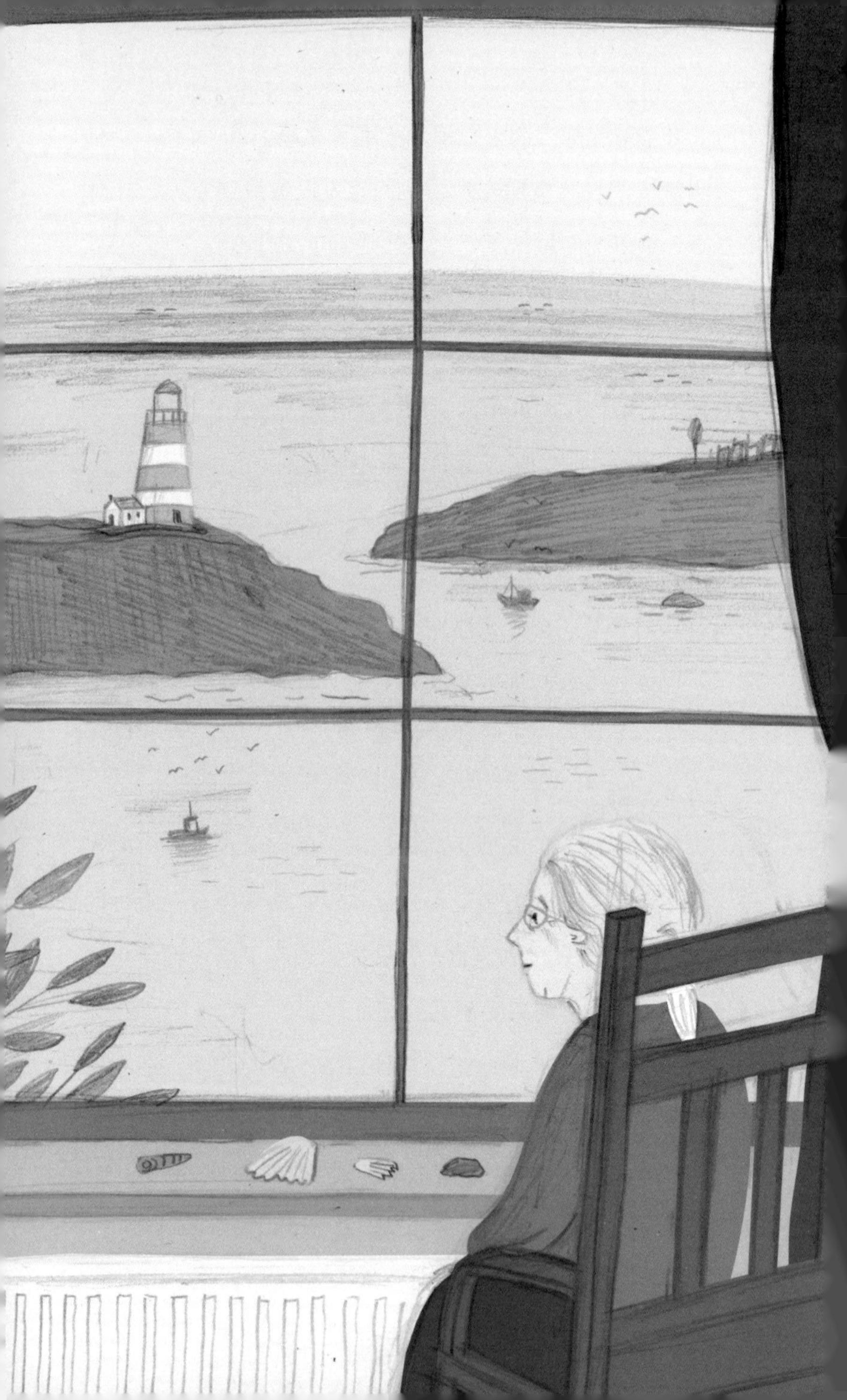

"我们到了。"莎拉说。他们已经走到了走廊尽头。她在按键上按了几个数字,双扇门打开了,突然传来一阵钢琴演奏声。房间里挤满了人,并非全是老年人。有些人在听音乐,有些人在跟着唱,有些人在发呆。外婆停住脚,玛娅能感觉到她的犹豫不安……就像第一天上学走进教室一样,是对未知的恐惧。玛娅好想逃走。

那位弹钢琴的人弹奏起一段快乐的曲子,北极熊先生上下摆动着脑袋,踢踏着两条后腿。然后他把外婆和玛娅搂进毛茸茸的怀抱,跳起舞来。不多会儿,他们便绕着桌椅跳起了华尔兹,整个房间都活跃了起来。音乐结束时,所有人都鼓起了掌。安妮外婆微微屈膝行了个礼,北极熊先生鞠了一躬。玛娅满脸通红,觉得自己好傻。

"这下我知道谁可以给咱们上交际舞课了。"莎拉说。

外婆、妈妈、麦克斯和玛娅坐下来喝茶,北极熊先生则在房间里四处转悠,愉快地收着巧克力饼干,和每个人都交了朋友。

一位留着长胡子的老人站起来说:"你们知道,我曾经是个探险家,我去过北极。这是我这么久以来见过的最好的北极熊标本。"

"有些话不能全信,"莎拉笑起来,"不过威尔夫确实是个探险家,他真的去过北极。"

玛娅看着威尔夫。"我想外婆会喜欢威尔夫的,"她对莎拉说,"因为她喜欢探险。"

"我记住了。"莎拉微笑着说。

北极熊先生嘴上沾满了饼干屑,一位穿着花裙子的老太太用纸巾小心地帮他擦掉。茶话会结束了,钢琴演奏也停止了。威尔夫正大声讲着在海冰下潜水的经历,他并非在讲给谁听,但玛娅发现外婆在听。玛娅心里闪烁起希望的火花,也许这样会好起来。

"现在是你们悄悄溜出去的好机会,"莎拉对妈妈说,

"有时候太多道别反而让人感到困惑。我们会好好照顾安妮的,过后再给你打电话,告诉你她的情况。"

妈妈点点头,向门口走去。这是玛娅一直担心的地方。外婆总是陪在她身边,现在她好想陪在外婆身边。她怎么能就这么离开呢?

北极熊先生把玛娅推向门口。

"你去哪儿?"玛娅听到外婆急切的声音在身后响起,"别离开我,我不想让你走。"

玛娅跑回去,用最大的力气拥抱外婆。"我们明天来看你。"她说,"我保证。"

"可你要去哪儿啊?我想回家。"

"我去带海豚散步。"玛娅说着,瞥了莎拉一眼。

"可海豚已经死了啊,"外婆说,"你在说什么?"

玛娅不知道该如何回答。

"你们得相信我。"莎拉说,"她会**没事**的。"

北极熊先生又用鼻子把玛娅推向门口。他们离开时,好像有一百只眼睛在注视着他们。玛娅没有回头。

她不能回头。

第21章
不顾安危

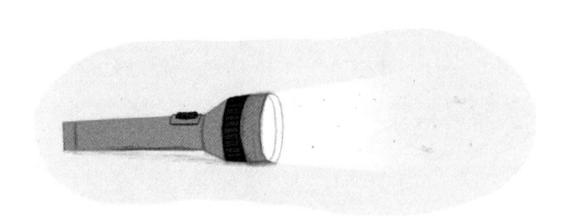

回家的路上,妈妈说她要去外婆的小屋整理点东西。玛娅几乎无法走进门去,没有外婆的房子,显得空荡而陌生。

夏天刚刚到来时,妈妈说过"事情"必须得改变,可是改变的不只是事情,还有人。外婆的改变最大,虽然有时能看到原先的她,但已经大不相同了。爸妈也变得紧张和焦虑,就连麦克斯和艾丽斯都变了,麦克斯的工作越来越忙,艾丽斯除了男朋友什么都不想。一切都改变了,玛娅不知道在这幅新图景里,自己的位置在哪里,她不确定自己属于哪里,她不知道自己是否属于这里。

玛娅跟北极熊先生从一个房间走到另一个房间。外婆的游戏柜开着门,她蹲下朝里面看了看,伸手拿出了那袋弹珠。弹珠散落到地上，滚到了房间最远的角落里。没有什么是永远的，玛娅意识到，**一样都没有**。

她再也无法在小屋里停留片刻，转身跑出门，沿着陡峭的小路向海滩跑去，跑啊跑啊。虽然还没到夜晚，天空却黑沉沉的。她扭头向后看，北极熊先生跟在她后面，正慢慢地走下小路。她跑得更快了，波涛汹涌，巨浪以惊人的力量撞击着海岸。前浪还没退落，后浪又直扑而上。被风刮乱的头发遮住了她的脸，咸咸的味道刺痛了她的双眼。

她朝岩石上爬去，面前悬崖高耸。她回头瞥了一眼，北极熊先生已经快走到坡下了，然而那里的小路却消失在了海水里，原本是沙滩的地方此刻被汹涌的怒涛淹没了。玛娅意识到危险时已经太晚了。

巨大的浪潮，

　　汹涌翻腾的大海，

　　　　玛娅的路被切断了……

　　　　　　她回不去了。

＊＊＊

又一排巨浪涌来，她不得不紧靠峭壁。一道闪电照亮了海面，轰隆隆的雷声从远处滚滚而来。她和北极熊先生隔着一片汪洋对望。北极熊先生看起来非常害怕。

"北极熊先生！"她大声喊，可是她的话淹没在了风里。

北极熊先生转身往回走。

"**北极熊先生！**"玛娅尖叫，"**你得帮帮我。**"

可是，北极熊先生没有停下来。

又一声惊天霹雳，又一个巨浪打到岩石上，咸咸的海水浸湿了她的全身。玛娅知道，不管怎样得找个安全的地方，而唯一的办法就是往上爬。

她紧紧贴着峭壁向上爬，手脚并用，寻找着细小的裂缝。她没爬多高，就越过了高水位线，但是她快冻僵了，不

得不在这里等待……多久呢……两个小时？还是更久？"时间和潮汐不等人啊。"她心里想道。她看到右边有一块稍稍宽一点的礁石，便一点一点朝那边挪过去。她的手指作痛，两腿打战。她不可以停下来，她需要一块安全的地方。她一寸一寸攀上礁石，慢慢转过身来，后背贴着冰冷的岩石蹲下。她不敢往下看，也不敢往上看。一道道闪电在水面跳跃，雷声震耳欲聋。她捂住耳朵，把脸埋在膝盖间，全身都在剧烈地颤抖。

在那一刻，玛娅才意识到自己有多爱她的家人。她只想回家找妈妈、爸爸、麦克斯，还有艾丽斯。她想念外婆，不管外婆在哪儿，变化有多大，她永远都是外婆。

雷声、

寒冷、

大海。

她试图想象手里正拿着记忆盒子，想象北极熊先生把好多记忆推向自己——羽毛、化石、铅笔、眼镜。

岩石坚硬而冰冷，波涛汹涌，轰隆隆的雷声越来越响。

"玛娅，玛娅，能听见吗？"有声音在远处响起，渐渐地越来越近。

灯光朝她照过来。

呼喊，

沉默，

接连不断的呼喊。

"我在这儿！"玛娅尖叫起来，双手拢在嘴边喊道，"我在这儿！"

"羽毛、化石、铅笔、眼镜……羽毛、化石、铅笔、眼镜、贝壳。"她不断对自己说着这些东西，尽量记起每样东

西在手里的感觉,尽量每次在那张单子上多记一样东西。

"玛娅?玛娅!我看见你了,你没受伤吧?"

"爸爸?是你吗?"是爸爸的声音,她确信无疑。

"玛娅,我需要知道,你受伤了吗?"

"没有,"玛娅尖声说,这时,又一道滚雷劈下来,"我……好……冷。"

"我马上就到了,待在那儿别动。"

玛娅知道,自己连一厘米都动不了了。她能听到从上方传来的声音,但即使仰起头来也什么都看不到。他们正在固定绳索以保证安全,她见过爸爸训练有素的样子。

羽毛、化石、铅笔、眼镜、贝壳、鹅卵石……

一片嘈杂。靴子踩踏着岩石,碎石噼里啪啦作响。

"马上就到你那儿了,"爸爸说,**"马上就到你那儿了。"**

她最先看到了爸爸的脚,然后是他的腿,最后是爸爸整个人,就站在她身旁。

"爸爸!别生气,我不是故意的。"

"别担心,"爸爸说,"没事了,马上就安全了。我带你回去。"

玛娅已经冻透了,她的胳膊和腿都动不了,爸爸花了好

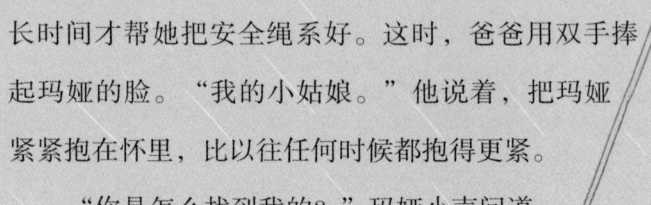

长时间才帮她把安全绳系好。这时,爸爸用双手捧起玛娅的脸。"我的小姑娘。"他说着,把玛娅紧紧抱在怀里,比以往任何时候都抱得更紧。

"你是怎么找到我的?"玛娅小声问道。

"当然是北极熊先生,还能有谁?"

玛娅紧紧依偎着爸爸,一起被拉了上去。玛娅好想永远都不放开爸爸。

就快看到崖顶了，北极熊先生正等在那里，巨大的白色脑袋和两只毛茸茸的爪子悬在悬崖边上。他的眼睛瞪得大大的，鼻子因担心而皱成一团。玛娅经过他身边时，他使劲眨了眨眼睛。

"北极熊先生。"玛娅小声说着，伸手摸了摸他的鼻子。

北极熊先生露出了最灿烂的笑容。慢慢地，慢慢地，爸爸和玛娅终于被吊上了崖顶，解开了绳子。北极熊先生把玛娅抱起来，转了一圈，然后轻轻地放在了她的家人中间。

他们都在这儿——麦克斯、艾丽斯、妈妈和爸爸，他们又哭又笑，紧紧拥抱，用她从未感受过的爱来平复内心曾经的伤痛。

※ ※ ※

玛娅至少说了一百遍对不起，她知道自己很蠢，不顾自身安危，还把别人置于危险之中。可是没人生她的气。

她蜷缩在椅子里，裹着羽绒被，抱着热水瓶，手里拿着一大杯热可可。从她获救以后，北极熊先生就没离开过她身边。他老是把鼻子放在她的肩膀上，嗅她的耳朵，痒得她哈哈笑。妈妈一直握着她的手，爸爸说北极熊先生应该得一枚勋章，艾丽斯听了便立刻动手做起来。玛娅说爸爸也应该得到一枚。

"以后再也不许这样了,"爸爸说,"我们可不想失去你,一刻都不想。没有你,我们不知道该怎么办。"

玛娅笑了。

电话铃响了。"我不要接,"妈妈说,"可能是莎拉打来说外婆的事,我今天实在承受不了那么多了。"

麦克斯抓起电话,对妈妈竖起大拇指。"莎拉只是想让我们知道,安妮外婆很开心,她正在和威尔夫玩纸牌。外婆还告诉大家,她就快过生日了,她的外孙女还会为她组织一场生日派对呢。莎拉问是不是有这回事。"

所有人都看向玛娅。

"哇哦!"玛娅笑了,"她记得呢!"

北极熊先生得了一枚勋章

第22章
异想天开

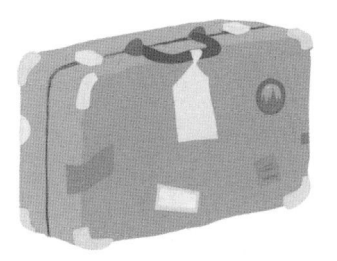

北极熊先生有些惴惴不安。这几天玛娅一直在准备外婆的生日派对，北极熊先生看起来忧心忡忡。他坐在地板上，手提箱开着，他用鼻子轻轻地推着里面的东西，箱子里又多了几样稀奇古怪的物件：一个水桶、一把铲子和一颗弹珠。他戴上耳机又摘下来，试了试墨镜，然后又戴上那只巨大的橡胶手套。

"没关系啦，北极熊先生，不是你想的那种派对，没有震耳的音乐，没有一闪一闪的灯光，也不用乔装打扮。你只需要带上你的水桶和铲子，还有口琴，要是你想表演的话。"

北极熊先生把所有东西都放了回去，盖上手提箱盖子，扣好箱扣。这时，玛娅发现上面多了一个新的地址标签：

北极熊先生
北极圈

"我知道这是谁给你做的。"玛娅说,"外婆又在弄她的把戏了。"

外婆和威尔夫已经计划好要去北极了,他们问北极熊先生是否愿意带他们逛逛,来一次导游观光。外婆说要是玛娅愿意也可以来。

玛娅正在海景家园陪外婆适应生活。莎拉教她学习享受外婆的"异想天开"。"只要安妮是安全、快乐的,"莎拉说,"我们不妨跟她一起享受她的冒险。"

爸妈很难接受外婆的幻想之旅,他们总是告诉外婆不要犯傻。但玛娅很容易接受,她和外婆现在的冒险经历比以往任何时候都更让人兴奋。到目前为止,他们已经用火箭把北极熊先生送上了月球,还和威尔夫坐潜艇参观了一座地下城市。她都等不及想知道下一站要去哪儿了。

"这么说,"玛娅问道,"你要陪外婆和威尔夫去北极圈了,是吗?"

北极熊先生悲伤地看着她。

"别担心,那不是**真的**。"玛娅张开双臂,给了北极熊先生一个拥抱,"你哪儿也不去,你可以永远跟我在一起。"

北极熊先生把爪子放在他的手提箱上,走到窗边往外望,然后又走回来,看了看手提箱上的标签。玛娅觉得他怪怪的,也许是因为没去照顾外婆而感到无聊吧。

"你喜欢烘焙吗?"她问,"你可以帮我给外婆的生日派对做蛋糕,要是你喜欢的话。"

玛娅很快就发现,北极熊简直太喜欢烘焙了。她还意识到,和北极熊先生一起做蛋糕比带他去玻璃厂更糟糕。没多会儿,面粉、糖和鸡蛋就弄得到处都是了。北极熊先生先用鸡蛋练了会儿杂耍才敲开蛋壳,接着又用巨大的爪子搅拌蛋糕糊,然后把两只爪子都塞进嘴里,直到舔得一滴不剩。玛娅觉得进到熊肚子里的蛋糕糊比放进锡纸盒里的还多。

放糖霜时,厨房里简直就像刮起了一场暴风雪!

"我的天哪,"妈妈大叫起来,"拜托你把那头熊弄出去吧,要不永远都不可能做成蛋糕了。"

最后,麦克斯说他可以带北极熊先生出去一会儿。"他可以跟我去外婆的车库找找那把旧躺椅,他喜欢去那儿。"

北极熊先生离开厨房时看起来很失望,地板上撒了一层糖霜,上面留下了一串巨大的脚印,一直到门口。玛娅看着大脚印笑了,这让她想起跟外婆第一次发现北极熊先生的那天,感觉好像是很久以前的事了。

* * *

到了晚上,北极熊先生显得更加坐立不安。

"他吃了太多糖。"爸爸说。

"生日派对让他太兴奋了。"艾丽斯说。

"他在外婆的车库里做了个噩梦。"麦克斯说。

"我想还是早点睡吧,"妈妈说,"明天可是个重要的日子。"

北极熊先生依次轻轻地碰了碰每个人的鼻子。

"晚安,北极熊先生。"他们说,"做个好梦。"

躺下睡觉之前,玛娅和北极熊先生走到窗前。玛娅打开窗户,望着远处的悬崖。尽管看不见海景家园,但他们知道它就在那里。"晚安,安妮外婆。"玛娅喊道。她吹了一个吻出去,北极熊先生也吹了一个。

玛娅爬上床，北极熊先生把鼻子放在她的枕头上，离她只有几厘米远。她喜欢他在旁边，望着他水汪汪的大眼睛，把手放在他的脸颊上，轻轻地抚摸着。

"怎么了，北极熊先生？不要悲伤，每个人都好好的。"

北极熊先生轻轻地抽了下鼻子。

玛娅跟北极熊先生碰了碰鼻子，然后拍了他一下。

"明天早上见，北极熊先生。"她的眼睛撑不住了，"别忘了，隧道的尽头总会有光明。"

第23章
三思后行

玛娅睡了一分钟,或者一个小时,她不确定。不过她突然惊醒了,感觉有什么不对劲儿。

她倾听着。

什么声音也没有。

她又细听。

根本没有任何声音。没有北极熊先生趴在她枕头上发出的轻轻的鼾声。只有寂静。她打开灯,看了看床边的地毯,没有熊。她又朝桌子望去,手提箱也不见了。风在小屋四周吹着,玛娅的窗帘被吹了起来。她走到窗前,朝夜空看了看。灯塔的光束扫过茫茫黑暗。她又看了一眼。

那是什么?她确信自己看见了什么。海面风平浪静,在月光下闪着银光。她又看了一眼,一个奇怪的影子正从水面上飘过。

她抬头望向天空,突然屏住了呼吸。这是她见过的最大的鸟,真的是鸟吗?她跑进爸妈的房间,把他们从床上拉下来。爸爸抓起他的双筒望远镜,妈妈抓起她的迷你望远镜。

"哦，我的天，"爸爸说，"哦，我的天！是北极熊先生！"

爸爸把双筒望远镜递给玛娅，她举到眼前，试着对焦。她的手在抖。突然，北极熊先生清晰地闯进了视野，他正悬在一对巨大的翅膀下。

"哇哦，"玛娅不禁倒抽了一口气，"北极熊先生在飞！"

麦克斯和艾丽斯也冲进来，想知道为什么那么吵。大家都不敢相信自己的眼睛。

"那是泰德外公的滑翔机，"麦克斯说，"我就知道那头熊在密谋什么，你看他飞走了。"

"真希望安妮外婆能看见，"妈妈说，"她会开心的。"

"那头熊还真行。"艾丽斯说。

玛娅一个字也说不出来。

北极熊先生在黑夜中翱翔，他最后俯冲了一下，然后越升越高，他举起一只爪子告别，风吹着他，飞向北方……飞向北极……飞向他的故乡和家人……他属于那里。

第24章
别后情深

安妮外婆七十五岁了,玛娅想给她举办一场有史以来最棒的生日派对。麦克斯放好了帆布躺椅,艾丽斯负责沙滩排球,玛娅为沙堡比赛准备了水桶和铲子。

外婆全速冲下通往沙滩的小路,威尔夫跟在后面大声喊着:"等等我!"莎拉和奥兹,还有外婆的朋友们都来了,包括萝丝太太。卡勒姆和露西也来了。这是一个盛大的派对。

外婆情绪高涨,虽然记不清每个人都是谁,但这好像并不重要。蛋糕非常好吃。

只缺了一样东西。玛娅不住地抬头望天,只是为了确认一下。她好希望北极熊先生也在这里跟大家一起玩,希望他能看到每个人都这么开心。说句实话,不用照顾一头北极

熊，生活轻松了很多，但北极熊先生的离开却在玛娅的心里留下了一个难以填补的大洞。那天快结束时，外婆和玛娅一起沿着海滩散步。潮汐涌来，海水流过她们的脚趾缝。玛娅把被困悬崖和获救的事都告诉了外婆。

外婆停下脚步，抬头望着悬崖，然后笑了。"我没告诉过你吧，有一次我想爬上悬崖，结果跟你一样被困在那个地方，泰德只好下来救我。"

"没有，你没告诉过我。"

"泰德在哪儿？"外婆问。

"哦，我想他一会儿就来。"

他们又往前走了一段，到了山洞那里。

"我好想北极熊先生，你呢？"玛娅说，"他真是一头好特别的北极熊。"

"你想谁?"外婆问,"什么北极熊?快给我讲讲。"

玛娅拉着外婆的手:"从前,在一个漆黑的暴风雨夜,一头北极熊被冲上了我们的海滩……"

外婆认真地听着每一个字,久久地望着洞口。"咱们去看看他在不在那儿。"外婆说,两只脚交替着蹦跳起来。

"很遗憾,他不得不离开了,"玛娅说,"他乘着泰德外公的悬挂式滑翔机飞走了。"

外婆大笑个不停:"你的想象力可真棒,这是我听过的最好的故事。一头会飞的北极熊!**太好玩儿了!**你愿意把它写下来送给我吗?"

"要是你喜欢的话。"玛娅说。

"咱们给故事起个什么名字呢?"

玛娅想了一会儿:"我想应该叫**《神奇的北极熊先生》**。"

玛娅真的很难相信,外婆竟然不记得北极熊先生了,也许有时候忘记比记住更容易。她们走回去跟其他人会合,大家围成一圈彼此道别。外婆带着一大堆礼

物、蛋糕和很多新鲜却容易忘却的记忆回海景家园了。

＊＊＊

那天晚上，麦克斯走进玛娅的房间。

"这个送给你，"他递过来一个小盒子，"我昨天做好的。"玛娅小心翼翼地打开，里面是用玻璃做的北极熊先生，很漂亮。玛娅把它捧在手里，露出了微笑。麦克斯竟然为她做了这个，简直太惊喜了。

"别摔碎了。"麦克斯说着，大笑起来。

玛娅摸了摸它亮晶晶的黑鼻子，然后小心地把玻璃熊放在了床边的桌子上。她能看见它黑黑的小眼睛在灯光下闪闪发光。

"我希望自己永远不要忘记北极熊先生。"她说，"希望他也永远记得我。"

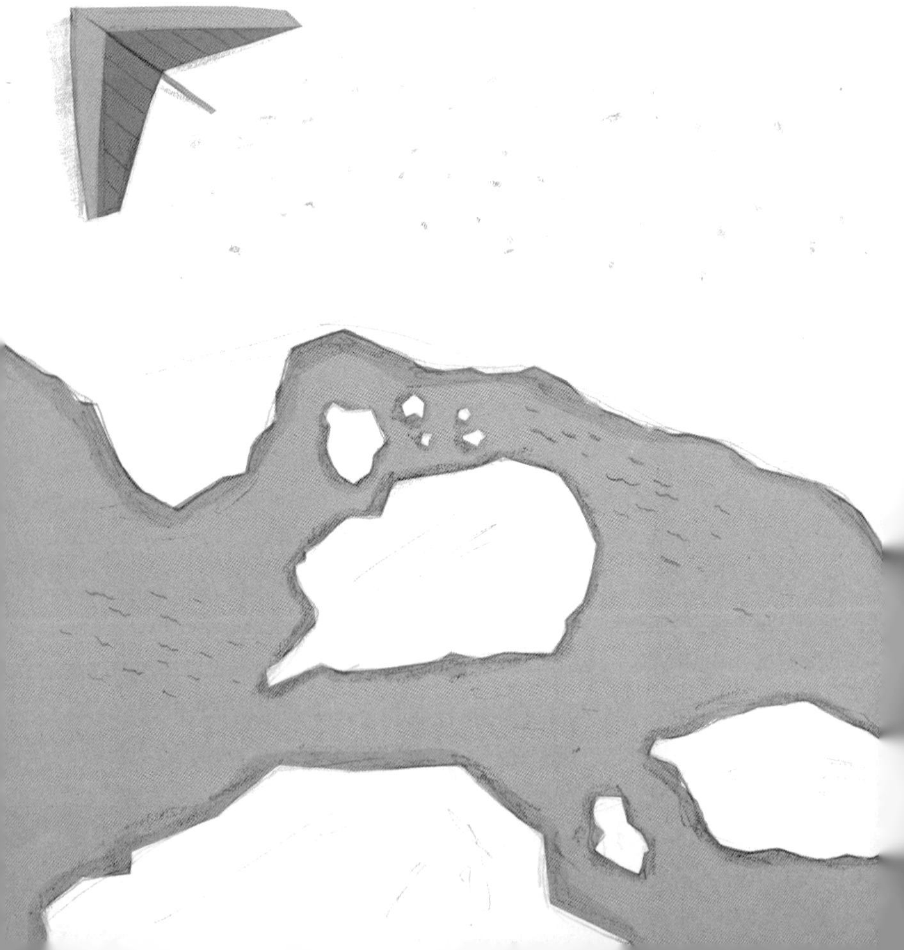

和北极熊
一起玩水吧

北极熊先生一点都不怕水,因为北极熊都是游泳健将。

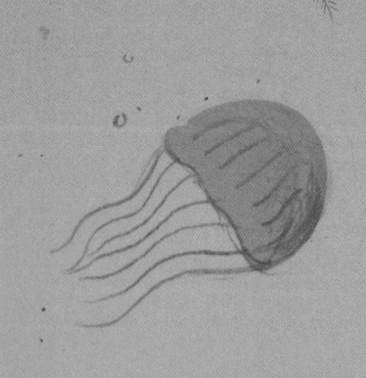

北极熊可以游很远也不会疲惫。曾有人追踪记录，它们可以连续游泳长达100公里，游得可真远！

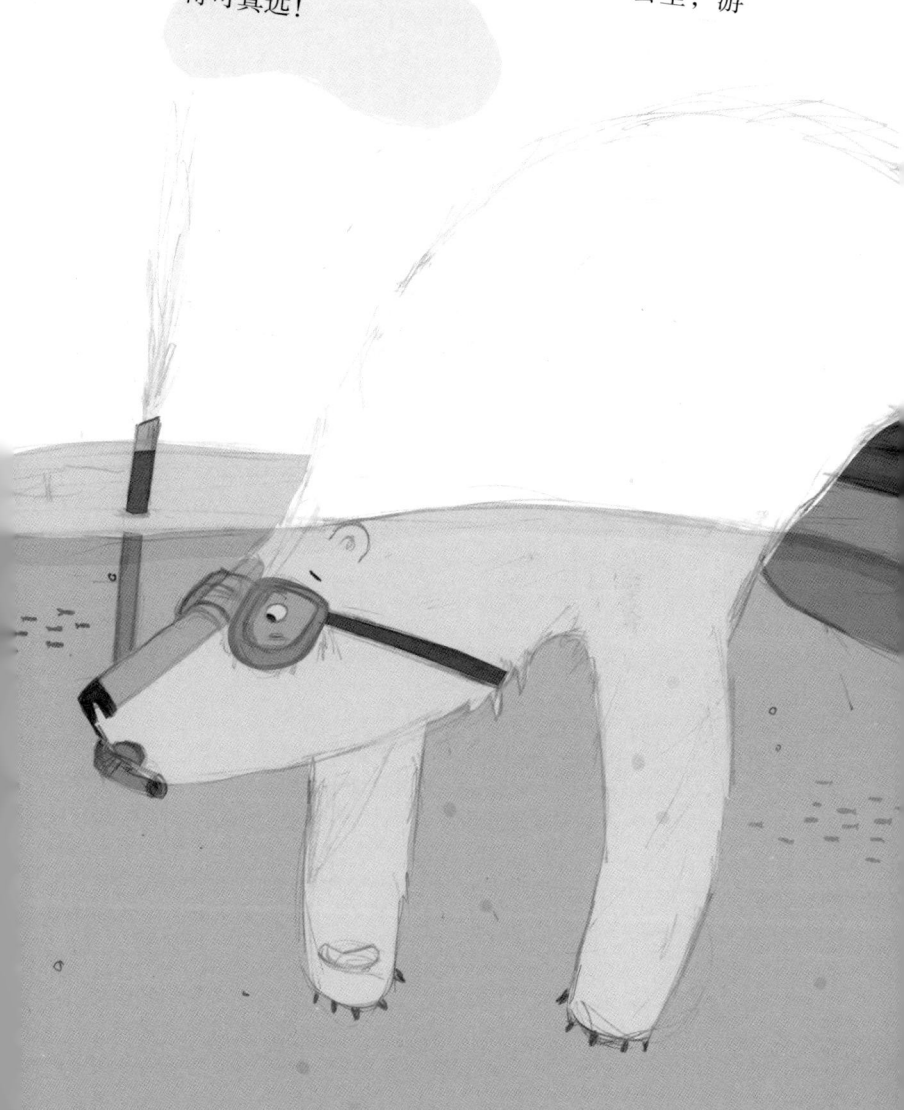

你见过北极熊游泳吗?看起来有点像狗刨,它们用大大的前爪推动水流前进,同时后爪像舵一样把握方向。

北极熊捕猎时会潜伏在浅水中,但水不会灌进鼻子,因为它们在水下会将鼻孔闭合起来。

北极熊敢跳进非常冰冷的水中,因为它们有一层厚厚的脂肪保暖。事实上,脂肪的保暖功能过于强大,有时它们游泳只是为了降温。

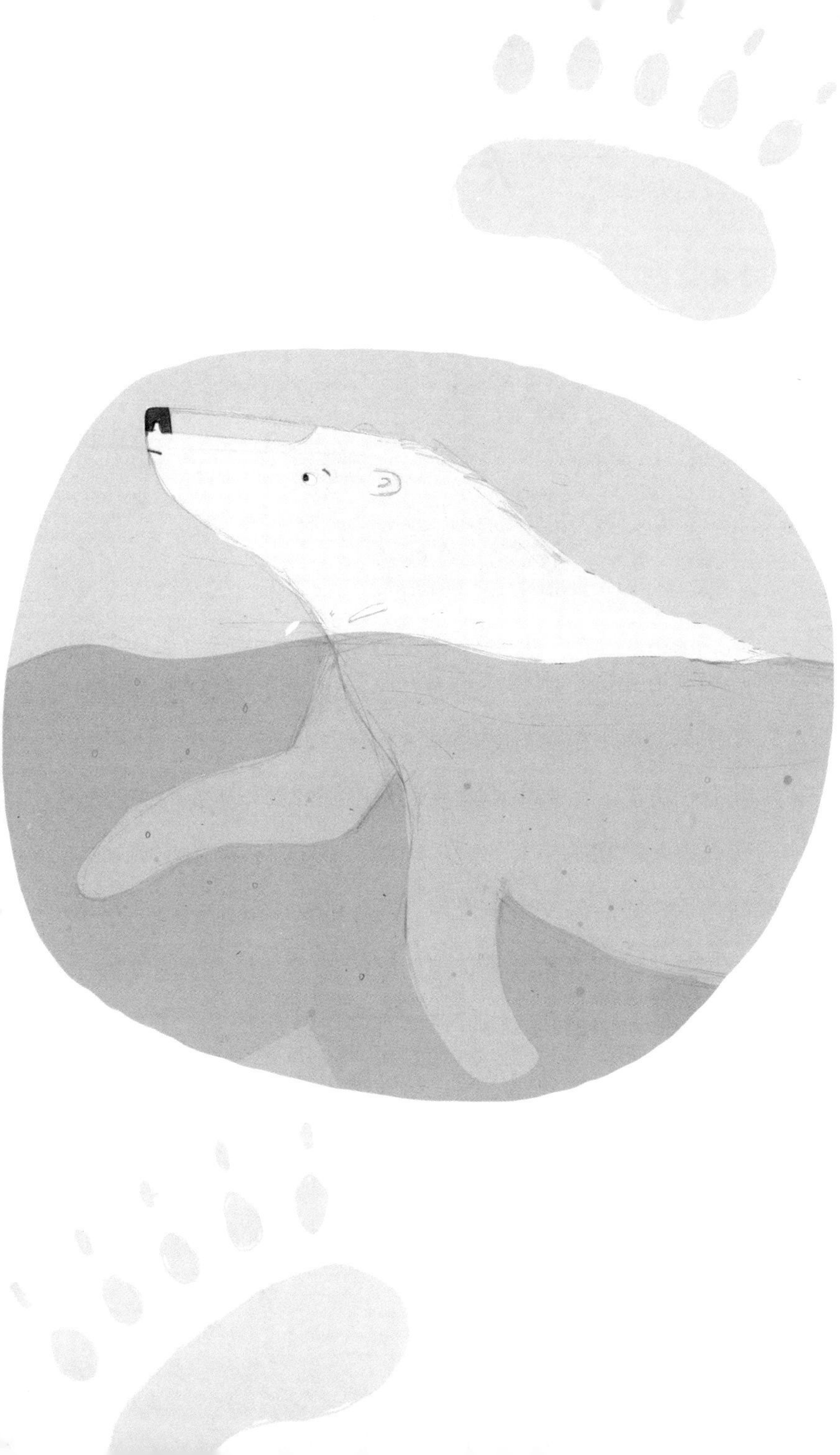

关于作者

　　玛利亚·法雷尔和她的丈夫还有宠物狗住在萨默塞特郡牧场中央的房子里。她曾经生活在新西兰的一个小农场里，那儿有一群羊、一群牛、两头表现不好的猪，还有一只当她写作时总是站在她头上的虎皮鹦鹉。她受过语言治疗师和教师的培训，之后修完了为青少年写作的文学硕士学位。她热爱语言，热衷阅读和给所有年龄段的孩子写书。她喜欢骑自行车到陡峭的山顶，这样可以能有多快就有多快地冲下来。她还热爱登山、滑雪和探险，她的梦想是有一天能去北极，亲眼看一看自然环境中的北极熊。

关于绘者

丹尼尔·莱利是住在里斯本的一位英国自由插画家。在伯恩茅斯艺术大学学习后，他在澳大利亚进行了一次徒步探险旅行。之后在伦敦工作了三年，他决定离开英国，去阳光灿烂的葡萄牙。过去的几年里，丹尼尔一直从事着广告、版画、卡片设计和童书的插画工作。丹尼尔不画画时，他会冲浪，用一部老相机照相，或者玩新兴的踏板运动。

"神奇的北极熊先生"系列作品